Anna S. Höpfner • Das Lächeln der Leere

DIE AUTORIN

Anna Höpfner wurde 1996 geboren und lebt mit ihrem Zwillingsbruder, dem zwei Jahre älteren Bruder und ihrer Mutter zusammen. Aufgrund ihrer Anorexie · verbrachte sie zwei Monate in einer Fachklinik für Essstörungen. In dieser Zeit entstand die Idee für den Roman, die sich durch viele Gespräche mit anderen Betroffenen verfestigte. Dabei wurde häufig der Wunsch geäußert, nicht nur Bücher über die Entstehung einer Essstörung, sondern auch von dem Kampf dagegen lesen zu können.

Anna S. Höpfner

Das Lächeln der Leere

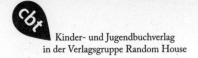

Kinder- und Jugendbuchverlag
in der Verlagsgruppe Random House

Verlagsgruppe Random House FSC® N001967
Das für dieses Buch verwendete
FSC®-zertifizierte Papier *Pamo House*
liefert Arctic Paper Mochenwangen GmbH.

1. Auflage
Originalausgabe September 2014
© 2014 cbt Verlag in der Verlagsgruppe Random
House GmbH, München
Alle Rechte vorbehalten
Umschlaggestaltung: Kathrin Schüler, Berlin unter
Verwendung eines Motivs von © GettyImages/Jason
Hetherington
jb · Herstellung: kw
Satz: Buch-Werkstatt GmbH, Bad Aibling
Druck und Bindung: GGP Media GmbH, Pößneck
ISBN: 978-3-570-30926-1
Printed in Germany

www.cbt-buecher.de

Für mich.
Weil ich es mir endlich wert bin.

In diesem Buch beschreibe ich die typischen Erfahrungen
eines magersüchtigen Mädchens.
Aus persönlichkeitsrechtlichen Gründen sind Namen,
Orte und Personen verändert und teilweise fiktionalisiert.
Alles worüber ich erzähle, habe ich aber so erlebt
oder hätte ich so erleben können.

Ich möchte leben.
Ich möchte lachen und Lasten heben
Und möchte kämpfen und lieben und hassen
Und möchte den Himmel mit Händen fassen
Und möchte frei sein und atmen und schrein.
Ich will nicht sterben. Nein!

Ausschnitt aus »Poem«,
Selma Meerbaum-Eisinger

Prolog

Ich sehe meinen dürren Fingern zu, wie sie das Papier auf dem Schreibtisch von einer zur anderen Seite schieben. Meine Hände zittern, ich wünschte, ich könnte sie in einen Koffer packen, einschließen und verschicken. Weit, weit weg von mir. Hinter mir öffnet sich die Tür, ich drehe mich nicht um. Meine Mutter setzt sich auf mein Bett. »Alles in Ordnung?«, fragt sie. Ich drehe meinen Kopf zu ihr. »Ja«, sage ich lächelnd. Und zerbreche. Tränen fließen in Scherbensplittern über meine Haut. Ich falle. Sie nimmt mich in den Arm, hält mich lange schweigend fest. »Zwei Monate sind so lang«, wispere ich in ihre Schulter.

»Ein Berg sieht immer höher aus, wenn man vor ihm steht. Denke nicht an die zwei Monate, sondern sehe jeden Tag einzeln. In der ersten Woche schreibe ich dir täglich. Und dann kommen wir dich jedes Wochenende besuchen. Weißt du was? Ich freue mich jetzt schon auf deinen ersten Brief. Du schreibst so wunderschön. Und ich darf deine Worte lesen, dir Worte zurückgeben.«

Ich löse mich aus ihrer Umarmung und sehe sie an. All die Ungewissheit der nächsten Monate legt sich wie ein dunkler Mantel über mich, beängstigend, einengend. »Wenn du wiederkommst«, sagt meine Mutter und lächelt mich an, »dann ist schon Frühling. Dann ist es nicht mehr so kalt.« Es wäre wirklich schön, wenn es Frühling wird. Aber ich bin mir nicht sicher, ob ich dem Winter in mir je entkommen werde. Meine Mutter zieht ein kleines Stoffpüppchen aus ihrer Strickjackentasche hervor. »Weißt du, was das ist?« Ich schüttele den Kopf. »Das ist ein Sorgenpüppchen aus Guatemala. Eine alte Tradition besagt, dass man dem Püppchen abends eine Sorge erzählt. Dann legt man es unter das Kopfkissen und am nächsten Morgen ist die Sorge verschwunden. Ich schlafe schon seit einigen Wochen auf meinem, es ist schon ganz platt gedrückt. Und jetzt hast du auch eines. Aber denk daran: Nur eine Sorge, sonst ist es überfordert!« Nur eine Sorge, als wenn das so einfach wäre. Meine Mutter reicht mir ein Taschentuch. »Weißt du, worauf du achten musst, Liebes? Wenn du deine Wäsche dort wäschst, dann lasse niemals, ich wiederhole, niemals ein Taschentuch in deiner Tasche, hörst du? Ansonsten wird es wirklich lustig, weil du die einzelnen Taschentuchstücke an deiner Wäsche kleben hast. Du kannst nicht einfach noch einmal alles waschen, sondern musst jedes Stück einzeln abzupfen. Noch anstrengender wird das natürlich bei schwarzer Wäsche. Glaub mir, du sitzt Stunden daran.« Mir entfährt ein leises Lachen. »Okay, ich gebe mir Mühe. Aber ich werde es wahrscheinlich sowieso vergessen!« Sie lacht, dann herrscht für einen Moment Stille. »Früher war die Lösung für all dein Leid so einfach«, flüstert meine Mutter mir zu. »Du hast einfach eine Nacht in meinem Bett geschlafen und alles war am nächsten Tag wieder gut. Egal, ob Bauchschmerzen, Fieber oder Trauer über irgendetwas, bei mir zu schlafen war ein Wundermittel.«

»Ich erinnere mich. Daran habe ich auch gerade gedacht. Oft hatte ich gar nichts. Ich wollte einfach nur bei dir sein«, gebe ich zu.

»Denkst du, das habe ich nicht durchschaut, Süße?« Wir grinsen uns an. Und dann verschwimmt sie vor meinen Augen, die sich erneut mit Tränen füllen. »Hast du Angst?« Ich nicke wieder, weil die Worte mir im Hals stecken bleiben. Vielleicht ersticke ich daran. Hier und jetzt, vor ihren Augen.

Ich habe Angst vor allem, was kommen wird. Das Wort »Klinik« schwebt über mir und um mich herum, wie etwas Großes, Unbekanntes. Und trotzdem steht über allem die Hoffnung auf einen Neubeginn, auf Antworten, helfende Hände, die mich festhalten können und Finger, durch die ich nicht entgleiten kann.

Das Schwarze des Lichts

Und wenn du innen schon total zerbrochen bist.
Lehnst dich an die Wand und wartest.
Wartest, dass sie endlich nachgibt, zusammenfällt,
wie es mit deinem Inneren schon längst passiert ist.

Wünsch mir Halt,
Wünsch mir Kraft,
Es ist so kalt,
Wenn man's nicht schafft.

Wartest, worauf wartest du?
Willst dein Leben wegschmeißen,
wie ein leeres Blatt Papier.
Ein Vogel, der nicht fliegen kann,
Und längst aufgegeben hat.

Verstehst nicht,
Wieso du nicht, zusammenbrichst.
Siehst in dir,
Nur das Schwarze des Lichts.
Wenn für mich schon alles verloren ist,
Warum noch so tun,
Als ob ihr, mit mir, noch weiterwisst?

Weine, dunkle, schwere Tränen.
Sie tropfen langsam auf den Schein,
den ich bewahre.
Tropfen auf mich,
fließen an mir runter,
doch ich bin es nicht.
Spür sie nicht,
denn sie fließen nur aus dem Schein.

Ich bin selbst nicht das, was ich sein will.
Bin nicht das, was andere von mir wollen,
dass ich bin.
Ich selbst bin nur ein Scherbenhaufen,
gefangen in einer perfekten Welt.
Die Wand gibt nach.

Woche 1–2,

Widerstand und anfängliche Einsicht

Donnerstag

Ankommen

Es sind dreizehn steinerne Stufen, die zu dem großen, alten Haus hinaufführen. Meine zitternden Beine erweisen mir immer noch ihren Dienst. Meine Eltern tragen meine Koffer und meine größte Angst ist plötzlich, dass ich sie gleich alleine tragen muss, dass sie viel zu schwer sein werden, mit all den Erinnerungen darin, die viel mehr wiegen als die leblose Hülle, die von mir noch übrig geblieben ist.

Mit meinen Fingern umklammere ich nur das Plakat, das meine Klasse mir zum Abschied geschenkt hatte. Ein *Wir lieben dich* steht unten geschrieben, mit allen Unterschriften. Darüber Fotos von mir, Schnappschüsse von vielen Momenten, an die ich mich gerne erinnere, aber auch von solchen, an die jede Erinnerung schmerzt.

Alles erscheint mir unwirklich, und ich fühle mich ein wenig, als würde ich herumgeschleudert werden. Sie machen ein Foto von mir, sie untersuchen mich, stellen mir Fragen. Ich antworte mechanisch.

»Selbstmordversuch?«

»Nein.«

»Gedanklich?«

Schulterzucken. Dann darf ich hoch auf die Jugendstation. Die anderen sind gerade in der Therapie, wird mir erklärt. Und dass jetzt die richtige Zeit wäre, mich von meinen Eltern zu verabschieden. Zeit, wann ist schon die richtige Zeit? Ich glaube, es gibt sie nicht.

Hier bin ich also, kann es selbst kaum fassen. Mein Vater ist gefasst, aber er drückt mich viel fester als sonst. So, als würde er selbst Halt brauchen.

Meine Mutter weint und versucht, ihre Tränen vor mir zu verstecken. Ich habe einen riesigen Kloß im Bauch, all die Angst und Verzweiflung der letzten Monate hat sich in mir gesammelt und lässt keinen Platz mehr für meine Eltern. Die Unsicherheit lässt mich einen Moment zu lange in den Armen meiner Mutter verweilen, nur eine Sekunde, in der ich ihr zu verstehen gebe: Ich bin noch dein kleines Mädchen. Du musst mich noch halten. Und gleichzeitig liegt so viel Hoffnung auf einen Neubeginn in dem Zimmer, das ich für die nächsten Monate mein eigenes nennen darf. Die Wände flüstern, dass ich leben könnte, wenn ich denn wollte. Woher soll ich wissen, ob sie mir die Wahrheit erzählen?

Nachdem ich mich verabschiedet habe, kommt meine Betreuerin herein. Sie ist groß, schlank und hat schwarzes, glattes Haar, das an ihrem Gesicht herabfließt. In derselben dunklen Farbe sind auch ihre Augen, zusammen mit ihrer blassen Haut und den kirschroten Lippen erinnert sie mich an Schneewittchen. Ich muss meinen Koffer vor ihr auspacken, Taschenkontrolle. Keine Kaugummis, keine Süßstofftabletten, keine Abführmittel. Beschämt packe ich meine Wollsocken aus, die dicken Pullover, die Baumwollunterwäsche. Ich hatte noch nie zuvor einen Koffer auf unbestimmte Zeit gepackt. Einen Koffer, der vielleicht für zwei, drei Monate ausreichen sollte. Sie öffnet mein Federmäppchen und wirft einen kurzen Blick hinein. Meinen Kulturbeutel. Ihre Lippen werfen mir ein entschuldigendes Lächeln zu. Ein Ich-muss-das-tun-Lächeln. Ich lächele zurück. Ein Ist-schon-okay-Lächeln. Schneewittchen greift nach meinem Nageletui. »Hast du Probleme mit Selbstverletzung?«, fragt sie. Ich schüttele mit dem Kopf und denke an die Zeit im Krankenhaus zurück. Als die Krankenschwester kam, mein Handgelenk mit Zeigefinger und Daumen umschloss und mit ihrer anderen Hand meinen Ärmel hinaufschob. Wie sie meinen Arm umdrehte, um die Innenseite zu kontrollieren, nickte und das Gleiche mit dem anderen Arm wiederholte. Ich wollte mich wehren, ich wollte meine Arme wegziehen, ich wollte schreien. Aber ich saß bloß da und schwieg, weil ich mich zu kraftlos fühlte, dem noch irgendeinen Widerstand entgegenzusetzen. Warum denken alle, dass ich mich selbst verletze? Weil viele Essgestörte das tun? Weil ich es nötig hätte, donnern meine Gedanken augenblicklich los. Nein, nein. Ich atme tief ein und wieder aus. Nur, weil so viele es tun. Ich habe das nicht nötig. Wieder ein Lächeln. Sie lässt mich weiter auspacken, sieht mir aufmunternd zu. Mir gefällt die Art, wie sie trotz der beengenden Situation Distanz hält. Wie sie mir das Gefühl gibt, meine Tasche zu kontrollieren, nicht aber mich. Und ich verstehe es. Niemand will *mich* bekämpfen oder einengen. Es geht bloß um den Teil in mir, den ich schon lange nicht mehr unter Kontrolle habe. Die Stimmen in mir, die ich selbst nicht mehr kontrollieren kann. Und fast bin ich ihnen ein wenig dankbar dafür.

»Gut, dann nehme ich dich jetzt mit runter zum Mittagessen«, erklärt mir Schneewittchen, als mein Koffer leer ist. Sie sagt es, als wäre das ganz normal. Sie sagt es, als läge keine Spannung in der Luft. Sie sagt es, als würden mir nicht alle Gesichtszüge entgleisen, meine Lunge sich nicht ängstlich verkrampfen und meine Beine nicht zitternd versuchen, nachzugeben.

Mittagessen. Mittagessen. Ich habe Angst.

Ich sitze an dem großen Tisch und beobachte. Es gibt zwei Gruppen an zwei großen Tischen, in denen alle Essstörungen vertreten sind. Ein Mädchen mit hellbraunen Locken und tiefgrünen Augen greift über den Tisch zu den Kartoffeln. Ihr Ellbogenknochen bohrt sich durch die Haut, ich erschrecke. Jeden Moment könnte ihre Haut einreißen, wie zu dünnes Pergament von ihrem Knochen durchstoßen. Die Mädchen sind so schön. Große Augen. Ein leichtes Lächeln. Sanfte Stimmen. Sie reden darüber, dass der Pudding mit Kaffeegeschmack besser war. Strenger Blick der Betreuerin. »NVL!«, wirft sie ein und grinst dann. »Jaja«, entgegnet das Mädchen mit den Locken, »nicht vorhandene Lebensmittel, schon klar!« Die anderen kichern. Schräg gegenüber von mir hat das große Mädchen mit dem hellblonden Bob Platz genommen, das heute mit mir angekommen ist. Ich habe sie gesehen, ich habe ihren Koffer gesehen, ihre Erinnerungen an Zuhause. Ich habe sie gesehen, wie sie in ihrem Zimmer verschwand. Sie isst den ganzen Teller leer, einfach so. Das Essen sieht lecker aus und so gesund, dass ich davon sicherlich gegessen hätte, wäre ich allein. Aber ich sitze in einem Raum voller dürrer Mädchen und fühle mich dick, ich kann nicht essen. Und ich spüre den Wunsch, mich zu beweisen. Ich bin neu hier und will ihnen zeigen, dass ich den Platz in der Klinik für Essstörungen auch verdient habe. Dabei war ich mir selbst nicht sicher, noch auf der Herfahrt hatte ich Zweifel. Es bleibt immer die Frage, ob es anderen im Endeffekt nicht schlechter geht als dir selbst. Ob andere den Platz nicht viel dringender brauchen. So stochere ich in meinem Gemüseebly herum und esse ein paar Möhren. Ich bin ganz schön fremd. Ganz schön nervös.

Nach dem Essen sitzen die Mädchen zusammen auf der Jugendstation. Nachbetreuung, das bedeutet eine halbe Stunde nach dem Essen beisammensitzen. Die Bulimiker sollen nicht erbrechen gehen, alle anderen müssen nur in den ersten beiden Wochen dableiben, um sich in die Gruppe zu integrieren. So etwas kann ich generell nicht. Ich schweige, beobachte. Da ist das Mädchen mit den streng zurückgesteckten Haaren, Akne und dem ständigen Lachen. Mareike heißt sie. Dann Lara, ich glaube, wir teilen uns ein Zimmer. Sie ist hübsch, mit ihren dunklen Haaren und den ebenso dunklen Augen. Sie scheint sich gut mit Mareike zu verstehen. Dann fällt mir natürlich noch Greta auf, die zwar nicht in meiner Gruppe ist, mir aber die Klinik gezeigt hatte, als ich vor ein paar Wochen beim Vorstellungsgespräch da war. Kurze Zeit später fand ich einen Bericht in einer Jugendzeitschrift, über genau diese Klinik und über Greta. Und jetzt sehe ich sie hier. Die Welt ist seltsam. Heute sitze ich ebenfalls in dieser Klinik mit diesen Mädchen, die eine Zeitschrift interessant genug findet, um über sie zu schreiben. Wäre ich nicht hier, säße ich zu Hause und würde den Kopf schütteln über diese seltsamen Mädchen. Ich würde sagen: So was würde mir nie passieren. So was würde ich niemals tun. *So was* passiert Mädchen in Zeitschriften und im Fernsehen, aber nicht mir. Und jetzt bin ich eine von ihnen. Ich trage *so was* jetzt mit mir herum.

Nach dem Mittagessen spricht mich ein Mädchen an, das sich mir als Violetta vorstellt. Sie soll sich um mich kümmern. Mich in den ersten Wochen ein wenig an die Hand nehmen, mich zu den Therapien abholen und mir die Regeln erklären, außerdem natürlich alle meine Fragen beantworten und mir helfen, in die Gruppe hineinzukommen. Sie nimmt mich nach der Mittagspause, die wir auf unseren Zimmern verbringen müssen, mit und führt mich durch die Klinik. Wir gehen die Treppen hinunter, am Schwesternzimmer vorbei. Durch das Foyer. »Ausgang«, erklärt sie mir, auf die Tür weisend. »Eingang«, denke ich, schweige aber. Der zweite Teil der Klinik ist schöner. Alles wirkt riesig, die hohen, verschnörkelten Decken, der Raum, der von dem hellen Licht draußen nur so durchflutet scheint. Eine große, schwere Holztür führt zu einem weiteren Flur, in den mich Violetta führt. Hier finden sich weitere Therapieräume, kleine Räume, in denen die Tische, Stühle und Wände mit bunten Farbresten bedeckt sind. In einem großen Regal an der Wand stehen haufenweise Tonsachen, die noch trocknen müssen, mit eilig auf Papier geschriebenen Namen davor. So viele Namen, so viele Menschen dahinter. Dieser ganze Raum ist mit Leben gefüllt, so farbenfroh, hell und lebendig. Ich wünschte, ich könnte auch so bunt denken, aber jede Farbe in mir scheint von einem feinen, schwarzen Schleier überzogen. »Der Raum für die Gestaltungstherapie«, erklärt mir Violetta, als wir hineingehen. »Hier kannst du dich aber auch abends aufhalten. Du darfst all das Material benutzen.« Ich nicke und weiß, dass ich mich nie trauen würde, hier herunterzugehen und den ganzen Raum in Schwarz zu tauchen.

Zurück auf dem Zimmer schreibe ich meiner Mutter direkt einen Brief:

Hallo Mama,
ich habe grade Mittagspause und schreibe dir, auch wenn du wahrscheinlich noch im Zug nach Hause sitzt. Nachdem ihr gefahren seid, war ich Mittagessen und habe dann mit Violetta die Klinik angesehen. Sie ist meine Patin und hat mir ein

wenig die Gruppe 7, in der wir zusammen sind, erklärt. Bei uns gibt es grade zufällig nur Magersüchtige und Bulimiker in der Gruppe, aber normalerweise gibt es auch Adipöse. In der anderen Jugendgruppe sind ein paar von ihnen, bei den Erwachsenen sowieso. Es gibt nur zwei Jugendgruppen und viel mehr Erwachsenengruppen, aber die sind nicht auf unserem Flur. Hast du die anderen Räume gesehen? Es ist riesig hier und alles sieht so wunderschön aus. Dieser zweite, helle Teil des Gebäudes, wow! Ob hier mal jemand drin gelebt hat, bevor eine Klinik draus wurde? Wie ein Krankenhaus sieht es ja nicht aus. Ich frage mich, wie viel die Krankenkasse hierfür bezahlt! Denkst du, die werden mir je wieder ein Antibiotikum genehmigen, oder ist mein Budget damit aufgebraucht?

Mir wurde erklärt, dass wir hier zweimal am Tag gemeinsam spazieren gehen; nach zwei Wochen darf ich dann auch alleine gehen. Gleich geht es aber erst einmal mit den anderen los, da werde ich den Brief dann einwerfen. Es ist irgendwie komisch, dir einen Brief zu schreiben. Ich glaube, ich vermiss dich jetzt schon ein bisschen. Nach dem Spaziergang gibt es Abendessen und später werden wir noch irgendetwas in der Gruppe machen, ich weiß selbst nicht, was. Die Pläne hier sind furchtbar kompliziert, ich habe eine Art Stundenplan mit allen möglichen Abkürzungen für die einzelnen Therapien. Gruppentherapie, Körpertherapie, Ernährungstherapie – alles hat

einen anderen Namen und ein Kürzel dazu. Ich weiß gar nicht,
wie ich mir das alles merken soll. Was ich schon drauf habe:
GS steht für diesen Gruppenspaziergang, den wir gleich ma-
chen werden.

Oh je, ich muss jetzt wirklich los. Ich hoffe, du schreibst mir
schnell!

Deine Sofia

Ich betrachte den Brief, lese ihn mir noch einmal durch.
Besser, ich schreibe nicht von der Angst. Oder davon,
wie ich im Mittagessen herumstocherte, mich vor dem
Abendessen fürchte. Ich schreibe auch nicht von den anderen Mädchen, die so viel dünner wirken oder von den
Tränen, die mir in die Augen steigen, wenn ich daran denke, wie normal ich leben könnte, wenn ich eben nicht so
unnormal leben würde. Aber all diese Gedanken gehören
mir. Meine Mutter soll erst einmal denken, dass alles gut
ist. Dass hier alles toll ist. Dass ich esse und bereit bin,
mich auf all das einzulassen.

In den ersten beiden Wochen darf ich nicht raus, abgesehen von den zwei halben Stunden Spaziergang mit der
Gruppe. Es tut gut, nach draußen zu gehen. Es ist eine
hübsche, kleine Stadt, in der es irgendwie nur Rentner
und Essgestörte zu geben scheint. Ich werfe den Brief an

meine Mutter in den Briefkasten. Laufe ein wenig abseits, denke viel nach. Ich bin verwirrt und warte noch darauf, aus diesem irrealen Traum aufzuwachen.

Freitag

Hier kämpft jeder für sich

Eine Betreuerin gab mir gestern einen kleinen Zettel in die Hand. »Einzelessbetreuung«, erklärte sie mir, »da sollst du ab heute Abend schon rein.« Ich nickte bloß.

Der Raum ist ganz oben, unter dem Dach. Der einzige Raum, der so weit oben ist. Hier gibt es nichts anderes mehr. Die Ärzte, Patienten und Therapieräume sind in den unteren Stockwerken untergebracht, ebenso die Gemeinschaftsräume und Esszimmer. Wenn grade keine Essbetreuung stattfindet, wird das Zimmer oben von den Jugendlichen manchmal auch als Gemeinschaftsraum genutzt, denn in der hinteren Ecke stehen ein bequemes Sofa und der Fernseher. Vorne gibt es einen kleinen Tisch, direkt an der schrägen Fensterfront, die den Blick auf die Dachterrasse freigibt, auf der viele Patienten nach dem

Essen stehen und eine Zigarette nach der anderen rauchen. Manchmal sieht man auch ein paar Seminarleiter der Endlich rauchfrei-Seminare da stehen, die abwechselnd zweimal die Woche aus einer Drogenberatungsstelle in die Klinik kommen und gestresst an ihrer Zigarette ziehen, bevor sie wieder runtergehen und die Menschen alle in Nichtraucher verwandeln. Einzelessbetreuung bedeutet, in diesem kleinen Raum zu essen, mit einer Essbetreuerin, die am Ende aufschreibt, was du gegessen hast und zwischendurch versucht, dich möglichst unauffällig zu beobachten. Dabei könnte sie genauso gut unter den Tisch kriechen und durch ein Periskop auf deinen Teller starren.

Meistens ist noch ein anderer dabei, dann essen wir zu zweit mit der Essbetreuerin, manchmal sogar zu dritt. Es ist eine seltsame Erfahrung, aber es ist immer noch besser, als unten in der Gruppe zu essen. Wenigstens sind hier weniger dünne Mädchen, die mit dem Essen kämpfen. Die Essensregeln müssen eingehalten werden. An der Stelle wird wieder deutlich, dass sie sich hier auskennen und im Endeffekt alle Essgestörten ähnlich ticken. »Keine Gespräche über Gewicht und BMI beim Essen«, heißt die erste Regel, die auf dem laminierten Zettel plakativ an der Wand hängt. »Nicht mit dem Essen spielen«, steht bei Punkt zwei, und ich überlege, dass der Begriff »Spielen«

wohl sehr dehnbar ist. »Für die Hauptmahlzeiten darf nicht mehr als eine halbe Stunde eingeplant werden, für die Zwischenmahlzeiten eine viertel Stunde. Davor darf nicht aufgestanden werden.«, sagt Regel drei. Eine halbe Stunde, das schaffe ich nie, nicht bei der Menge. Aber die härteste Regel ist die vierte: »Das Brot darf nicht in mehr als vier Teile geteilt werden.« Ich mag es, das Essen in kleine Stücke zu teilen. Ich mag es, mit Messer und Gabel Brötchen zu zerstückeln und jeden Bissen eine gefühlte Ewigkeit zu kauen, bis er sich in meinem Mund vollkommen zu Brei verwandelt hat, und klein genug erscheint, um ihn runterschlucken zu können. Die Essstörung hebt mich von den anderen ab. Zu Hause sahen mich die Menschen, die mich essen sahen, immer verwundert an, wenn ich mein Brot in Krümel teilte, und ich fühlte mich stark. Als bräuchte ich das Essen nicht, als ekelte es mich an. Das war besonders, das war anders. Ich dachte, die Kontrolle über das Essen zu haben – dabei wusste ich irgendwo tief in mir, dass das Essen längst die Kontrolle über mich gewonnen hatte …

Heute Nachmittag gab es als Zwischenmahlzeit Prinzenrolle. Die Mädchen freuten sich, Prinzenrolle sei lecker. Und da saß ich – ich konnte doch nicht einfach Schokolade essen … Während sie die Kekse also aßen und quatschten, starrte ich nur auf die Packung, schaffte es, sie zu öffnen und einen Keks umzudrehen, nicht aber, ohne mir danach penibel die Finger abzuwischen. Und ich spürte deutlich, dass ich das Essen tatsächlich verlernt hatte.

Denn egal wie sehr ich mir gewünscht hätte, ein gutes Bild abzugeben, allein um die bösen Blicke der Mädchen nicht ertragen zu müssen, egal, wie sehr ich mir wünschte, diese Kekse einfach zu essen, wie jeder normale Mensch es getan hätte, mein Kopf weigerte sich. Es fühlte sich an, als gäbe mein Gehirn meinen Fingern den Befehl, den Keks nicht in meinen Mund zu schieben. Alles in mir schrie dagegen an, allein der Gedanke daran ließ mein Herz gefährlich schnell rasen. Ich hatte doch wirklich essen wollen, irgendetwas in mir sehnte sich nach der Kraft dazu. Aber der Rest von mir sperrte sich bitter dagegen. Das hier ist ein Kampf. Und egal, wer gewinnt, ich verliere ihn immer.

Am Abend haben wir Sozialpädagogische Gruppe. Wir besprechen hier Klinikinternes, Gruppenzusammenhalt, Konflikte unter den Mädchen oder mit Betreuern. Violetta spricht vorsichtig an, dass die Zwischenmahlzeit ja eigentlich Pflicht sei und sieht dabei aus dem Augenwinkel zu mir rüber. Die anderen stimmen zu. Ich sehe auf den Boden und wünsche mir, in ihm zu versinken. Ich kann das nicht, und ich verstehe nicht, wieso sie hier sind, wenn sie alle so gut essen können. Ich verstehe auch nicht, warum sie essen und so dürr sind, während ich mit meinem Körper vollkommen fehl am Platz bin. Ich wog heute Morgen neununddreißigkommaneun Kilogramm. Ich wünschte, ich wäre dünn.

Am Abend gucken alle einen Film. Ich sitze da, schaue eine Zeit lang an die Wand und verschwinde dann wortlos auf mein Zimmer. Ich fühle mich unwohl. In der Gruppe sind sie nett, aber ich komme mit niemandem ernsthaft ins Gespräch, ich gehöre einfach nicht dazu. Stehe außen. Das Mädchen, das gestern mit mir angekommen ist, wirkt, als wäre sie schon ewig hier. Sie sitzt auf der Couch und quatscht und lacht mit den anderen. Ich verstehe das alles nicht so wirklich. Ich finde mich nicht zurecht und wünsche mir, zu Hause zu sein, wünsche mich in meine vertraute Umgebung zurück.

Und jetzt sitze ich also in meinem Zimmer, vor mir selbst geflohen, und fange an zu weinen. Ich weine und weine und weine alles heraus. Plötzlich ist es, als würde die ganze Welt über mir zusammenbrechen, und ich weiß: Ich kann es nicht ändern. Ich bin jetzt die, zu der ich mich in den letzten Monaten selbst gemacht habe. Ich werde nie wieder essen können. Und ich will es auch gar nicht. Ganz allein sitze ich mit all diesen dunklen Gedanken, die sich wie Schlingen um meinen zitternden Herzschlag legen und immer enger zudrücken. Die anderen mit ihren sechzehn, siebzehn Jahren. Und ich dazwischen, zarte vierzehn Jahre alt. Ich bin noch ein Kind, das sein Zuhause braucht. Ich brauche meine Mutter, meinen Vater, meine Brüder. Die Entfernung ängstigt mich. Würde ich Mama irgendwie erreichen können, wäre sie frühestens in zwei, drei Stunden da. Eine Ewigkeit, zwei bis drei Stunden zu lang. Ich weine über all die letzten Monate, über all die vergossenen Tränen und verlorenen Momente. Ich weine, wie ich bin: klein, schutzlos, allein. Es zerreißt mich, und doch ist da niemand, der meine Teile zusammenhält, der Raum und ich verschwimmen zu einem endlosen *Du gehörst hier nicht rein* und *Ich will hier nicht sein,* und nirgendwo ist Platz für das Unaussprechliche. Und dann höre ich die Tür. Lara kommt herein – und lässt mich weinen. Einfach so. Sie tröstet mich nicht, sie sagt nichts. Ich glaube, sie hasst mich. Sie muss mich einfach hassen. Denn nichts hätte ich jetzt mehr gebrauchen können als eine Umarmung, jemanden, der mich festhält. Aber da ist niemand, und ich weine weiter, als hinge mein Leben davon ab, als müsste ich jede Träne mit Gewalt aus mir herauspressen. Selbst als die Tränen nicht mehr fließen können, weine ich weiter, ein heftiges, erschütterndes Weinen, das noch viel schmerzhafter ist. Lara kommt später wieder, ich weine immer noch. Und dann sagt sie mit sanfter Stimme: »Das ist der zweite Tag, das ist normal. Lass es raus. Es wird besser.« Die Tür schließt sich, sie ist weg. Der zweite Tag. Natürlich. Sie haben das alles schon durchgemacht. Jeder machte all das durch. Und jeder musste da irgendwie allein durch. Letztendlich kämpfen hier alle für sich.

Samstag

Déjà-vu

Zwischenmahlzeit heute Nachmittag: ein Schokomuffin. Schokolade. In meinem Kopf schrien tausend Stimmen verwirrt umher, ich hielt mir ängstlich die Ohren zu. Wollte mir eine Decke über den Kopf ziehen und allein sein. Aber ich saß da, vor diesem riesigen Muffin, in dem kleinen Raum mit den anderen Mädchen, und war wieder allein. Wie immer. Allein. Dann brach ich ein winziges Stück ab und führte es vorsichtig zum Mund. Auf meiner Zunge explodierte der süße Geschmack der Schokolade. Ich hatte nie Fressanfälle gehabt und seit knapp einem Jahr wirklich kein einziges Stück Schokolade gegessen. Generell keine Süßigkeiten. Ich konnte nichts tun. Es schmeckte mir. Es schmeckte vorzüglich. Es war, als schwebte ich in einem anderen Raum. Als zählte nichts als dieser Geschmack, der meinen ganzen Körper einnahm. Sekunden. Und dann die Erinnerung daran, wer ich bin. Das sind Kalorien, meine Liebe. Das sind Kalorien und du isst keine Süßigkeiten. Du tust hier schön so, als wärest du magersüchtig und dann isst du Schokolade? Dass ich nicht lache. Wusste ich doch, dass du einfach nichts durchziehen kannst. War ja klar, dass du mal wieder aufgibst. Wie immer, nicht? Wenn Gegenwind kommt, gibst du klein bei. Dann duckst du dich und tust, was sie sagen. Willst du nicht einmal deinen Willen durchsetzen? Einmal stark sein und tun, was du möchtest? Ich atmete ein, ich atmete aus. *Das ist nicht mein Wille, das ist nicht mein Wille, das ist nicht mein Wille.* Immer wieder, wie ein Mantra, versuchte ich die eine Stimme mit der anderen zu übertönen. Das ist der Wille der Essstörung. Und nein, ich will deinen Willen gerade nicht durchsetzen, wenn mein Leben davon abhängt. Ich aß trotzig noch ein Stück. Ich war hier, um gegen diese Stimme zu kämpfen. Ich wollte stark sein. Ich wollte wieder essen. Um alle anderen glücklich zu machen. Meine Eltern und Freunde, meine Ärzte und vor allem die Mädchen hier in der Klinik, die mir gestern vorgeworfen hatten, nicht zu essen.

Mir war es egal. Ich brauche kein Essen. Es macht mich nicht glücklich. Natürlich muss ich essen. Ich aß weiter. Jeder Mensch muss essen.

Isst du gerade diesen Muffin? Ich habe dir gesagt, dass du nicht durchhältst. Weißt du noch? Ich habe gesagt, gleich am dritten Tag wirst du anfangen zu fressen und dann wieder genauso dick werden wie vorher. Ich hatte den halben Muffin geschafft, dann waren die fünfzehn Minuten um. Die Schokolade klebte an meinen Fingern. Die Kalorien tanzten in meinem Magen. Sie waren bunt und laut und groß und schwer. Ich wünschte, mich zu übergeben. Aber ich tat es nicht. Ich wollte meine Chance hier nicht einfach so wegwerfen. Ich wollte kämpfen.

Nach der Zwischenmahlzeit fuhren wir dann los, in das kleine Shoppingcenter, wo ich nun stehe, irgendwo zwischen zu vielen Kleidungsstücken. Ich gehöre nicht zu der Gruppe, spüre es wieder ganz deutlich. Versuche, mich klein zu machen, und starre im Endeffekt durch die Kleidungsstücke hindurch. Alles verschwimmt vor meinen Augen, mir ist schwindelig, ich bin erschöpft, ich glaube, ich werde ohnmächtig. Du kannst nicht ohnmächtig werden. Du hast doch den Muffin gegessen. Richtig, der Muffin. Also werde ich nicht ohnmächtig. Ich vermisse meine Brüder. Erinnere mich, wie wir zusammen shoppen gingen. Da waren mein Zwillingsbruder und ich, die meinen großen Bruder berieten, die ihm Dinge in die Umkleide reichten. Ich vermisse, wie wir durch die Läden streiften und ich den beiden alles Mögliche in die Kabinen schob. Ich vermisse unsere Lachanfälle, wenn wir absolut peinliche Sachen anzogen. Ich vermisse den Tag mit meinem Zwillingsbruder, an dem wir in eine Umkleide gingen und kurzerhand jeweils das anzogen, was wir für uns selbst rausgesucht hatten: Er in dem Blümchenrock und dem roten, schulterfreien Top, seinen Busen stellten wir mit ein paar Socken her. Ich in dem Karohemd, dem Zylinder und der dunklen Jeans. All das vermisse ich und in mir tanzen immer noch Kalorien.

Montag

Schweigende Gespräche

Der Sonntag zog sich unglaublich in die Länge. Am Wochenende ist keine Therapie und gestern gab es auch kein anderes Programm. Besuch darf ich auch noch nicht empfangen, Kontaktsperre für eine Woche, in der ich nur Briefe schreiben darf.

Heute Morgen wog ich neununddreißigkommasieben Kilogramm. Das Gewicht fällt weiter. Ich kam mit vierzigkommasieben rein, das war Donnerstag. Vor vier Tagen. Während des Frühstücks muss ich die ganze Zeit daran denken, wie ich die drei Wochen vorher im Krankenhaus verbracht hatte, wie sie mich mühsam auf die zweiundvierzig Kilogramm hochpäppelten, bevor ich in die Klinik ging, und ich von Dienstag bis Donnerstag, die beiden Tage, die ich zu Hause verbrachte, noch schnell anderthalb Kilo abnahm. All das, all das Gewicht und die Zahlen und die Werte rasen durch meinen Kopf und natürlich kann ich nicht gut frühstücken, fliehe nach der Nachbetreuung in mein Zimmer und fange schon wieder fast an zu weinen, nur dass meine Tränen aufgebraucht scheinen.

Freitag war meine Therapeutin krank, also musste ich zu ihrer Vertretung. Ich weiß ja, dass Therapeuten auch krank werden – aber muss sie gleich an meinem zweiten Tag krank sein? Muss sie meine erste Therapiestunde schon verpassen? Die Vertretungstherapeutin ist klein und immer furchtbar rot im Gesicht. Sie ist ziemlich dick und unbeweglich und zieht sich meistens rosa an. Sie kommt aus Frankfurt, wohnt während der Woche aber hier in einem Hotel, glaube ich. Und am Wochenende reist sie dann zurück, angeblich zu ihrem Mann, aber ich bin mir nicht sicher, ob all das stimmt. Ich habe auch kein Interesse, sie zu fragen, es ist mir egal. Sie sitzt immer in ihrem großen Sessel und ich saß ihr dann also Freitag gegenüber, zwischen uns nur eine pinke Packung Taschentücher. Ich musste total an Dolores Umbridge aus Harry Potter denken.

»Wie geht es dir?«

»Gut.«

»Das ist gut.«

»Ja.«

»Hast du dich gut eingelebt?«

»Ja.«

»Und die Gruppe?«

»Ist nett.«

Das war's dann. Ich schwieg sie noch eine halbe Stunde an, dann durfte ich gehen.

Heute ist es bei meiner eigentlichen Therapeutin etwas besser. Sie hat einen riesigen Busen, so riesig, dass es einem Angst macht, so etwas habe ich noch nie vorher gesehen. Obwohl sie schon älter ist, scheint sie manchmal noch jung sein zu wollen. In ihrem Haar stecken immerzu bunte Spangen, Zopfgummis und andere undefinierbare Schmucksteinchen. Wenn sie etwas interessiert, beugt sie sich so nach vorne, dass ihre langen Federohrringe zu schaukeln beginnen und ich zurückweiche aus Angst, ihre lange Nase könnte mich berühren. Sie kann die Themen Liebe und Sex und Freiheit einfach nicht sein lassen. Ich muss irgendwie an eine wilde Katze denken, wenn ich sie so reden höre, und kann das Kopfkino kaum stoppen. »Woran denkst du?«, fragt mich die Katze. An Ihren großen Busen. »Dass es gut ist, dass ich hier bin und die Chance bekomme, gesund zu werden«, lüge ich. Ich bin nicht froh hier zu sein und ich denke auch gar nicht daran. Ich will nach Hause und nie wieder essen. Ich will in Ruhe gelassen werden. Sie lächelt mich glücklich an. Sind hier alle so leicht zu täuschen? Ich brauche jemanden, der mich durchschaut und all die Mauern, die ich gebaut habe, langsam erklimmt. Die anderen Mädchen kommen immer weinend aus der Therapie, weil sie sich wahrscheinlich vollkommen öffnen. Ich kann das nicht, ich brauche Zeit, viel mehr Zeit, als ich hier je bekommen kann, denn die halbe Stunde zweimal die Woche reicht gerade für den oberflächlichen Small Talk.

Trotzdem schaffe ich heute den ganzen Schokoriegel. Violetta lächelt mich an. »Du kannst so stolz auf dich sein«, sagt sie, und es klingt, als käme es von Herzen. Ich lächele leicht zurück und mir kommen all die Außenseitergefühle albern vor. Vielleicht brauche ich nur noch ein bisschen Zeit.

Dienstag

Im Fallen anzukommen

Heute Morgen waren es neununddreißigkommavier, und ich muss zugeben, mein Herz machte Freudensprünge. Das war ein neues Tiefstgewicht! Morgendliche Zwischenmahlzeit: ein Joghurt, auf dessen Verpackung dick dreihundertfünfzehn Kilokalorien gedruckt stand. Ich meine, warum machen sie das? Können sie das nicht umfüllen, damit ich das nicht sehe? Ja, ich weiß, wenn ich zu Hause bin, kann ich auch nicht erwarten, die Kalorienangaben nie zu sehen. Aber ich bin doch noch am Anfang! Ich kann das noch nicht. Zum Mittagessen aß ich auch kaum was und muss jetzt zu der Klinikärztin für die Jugendlichen. Sie ist um die fünfzig, hat einen russischen Akzent und grau-wässrige Augen, um die sich viele Fältchen gebildet haben. »Kindchen«, sagt sie immer und gibt jedem das Gefühl, dem Tode nur noch durch ihren heiß geliebten, braunschmierigen Blasen-Nieren-Tee von der Schippe gesprungen zu sein. »Ich bin ja auch Mama«, ist ihr Lieblingssatz, dann guckt sie einen ganz schrecklich liebevoll an, so, dass es fast wehtut. »Du hast Fahrstuhlpflicht«, erklärt die

Mama mir jetzt mit traurigen Augen. Ich nicke. War zu erwarten. Ab einem gewissen BMI darf man die Treppen nicht mehr benutzen. Ich bin mit der Abnahme hier unter fünfzehn gerutscht. Ist jetzt nicht unglaublich wenig, es gibt hier Mädels mit dreizehn. Aber ich bin auch weiter unter fünfzehn, als sie denken, ich habe meine Größe falsch angegeben und die wurde nicht nachgemessen. Außerdem darf ich nicht mehr nach draußen, wenn mein Blutdruck nicht bald besser wird. Heute Morgen lag er bei achtzig zu fünfzig, ich glaube, das ist nicht so hoch.

Dann schickt die Mama mich zu der Ernährungstherapeutin. Diese hat dunkelviolette Haare, nur ein paar Zentimeter lang stehen sie von ihrem Kopf ab, ein strenges Gesicht, aus dem ihre kleine Stupsnase förmlich herausfällt, sie ist groß und präsent, hat eine laute, kräftige Stimme, einen festen, unverrückbaren Standpunkt und sie lässt sich nicht von den traurigen, flehenden Augen halb verhungerter Mädchen erweichen. Die Strenge macht mit mir einen Essvertrag aus, den ich ab jetzt einhalten muss. Keine Widerworte. DU BIST DOCH FREIWILLIG HIER. Ja, das bin ich. Ich habe es gesagt: Ich bin freiwillig hier. Ich bin hier, weil ich will, niemand hat mich gezwungen. Aber die Alternative wäre die Zwangseinweisung in die geschlossene Psychiatrie gewesen, mit Zunahmepflicht, irgendwo bis zum Normalgewicht.

Freiwillig. Freien Willens. Was bedeutet das? Ich habe keinen Willen mehr, und meine Einschätzung, meine Meinung, alle meine Worte sind nur krank. Sie sind von der Krankheit gezeichnet, ich bin nicht ernst zu nehmen. Ich weiß es, und es schmerzt, weil ich darunter doch noch ich bin, ich sein will.

Ich komme zu spät zur zweiten Zwischenmahlzeit. Bekomme einen Karamellriegel in die Hand gedrückt. Schaffe tapfer die Hälfte. Ich bin allein. Ich habe keinen Grund, ihn zu essen, ich bin vollkommen allein. Es ist für mich wirklich ein riesiger Fortschritt, diesen Riegel aus eigenem Antrieb zu essen. (Aber es sieht ja niemand. Es würdigt niemand.) Normalerweise sitze ich mit der ganzen Gruppe und einer Betreuerin hier. Aber jetzt haben sie ihre Zwischenmahlzeit schon eingenommen. Die Betreuer scheinen mir genug Vertrauen zu schenken, mich meinen Riegel alleine essen zu lassen. Vielleicht ist es auch ein Test? Meine Gedanken fahren Achterbahn. Ich frage mich, wieso ich bin, wie ich bin. Wieso ich das Essen verlernt habe. Wieso ich keinen Hunger habe und mir von all den klebrig süßen Riegeln nur schlecht wird. Karamell ist purer Zucker. Purer Zucker. Es gibt dieses Karamellzeug, das ich in meiner Kindheit gerne gegessen habe. Ich erinnere mich daran, wie ich den Löffel ablecken wollte. Ich erinnere mich an ein »So, wie du das jetzt auf dem Löffel hast, genauso dick wird das auf deinen Hüften landen.« Ich wünschte, ich wäre noch das Kind von damals, das mit einem verständnislosen Blick »Na und?«, sagte und den Löffel abschleckte.

Aber das bin ich nicht mehr. Ich bin das Mädchen, das sich einmal prüfend umsieht, keine Betreuerin erblickt und den Riegel in ihren Ärmel schiebt, so, wie sie es in all den Monaten vor der Klinikzeit erlernt hat. Ich bin das Mädchen, das hastig aufsteht, den Kopf noch einmal in Richtung des Betreuerzimmers dreht und schließlich auf ihrem Zimmer verschwindet, um die übrig gebliebene Hälfte des Riegels im Klo runterzuspülen. Sieht ja niemand.

An manchen Tagen haben wir am Abend noch Pädagogisches Angebot. Das machen wir mit den Betreuern der Jugendabteilung. Diesmal dürfen wir wählen: Basteln oder Bewegung in der Halle. Ich nehme die Bewegung. Natürlich. Bewegung ist übertrieben, wir dürfen ja alle keinen Sport machen. Die Adipösen natürlich schon, die müssen sogar. Ich beneide sie dafür. Sie beneiden uns dafür, dass wir es nicht müssen.

Ich hätte nie gedacht, dass ich mich in den Esssüchtigen selbst so wiederfinde. Beide Essstörungen sitzen am Ende einer Wippe. Beide Essstörungen sind jederzeit bereit, hinunterzukippen. Manchmal, wenn wir uns gegenüber sitzen, gleichen wir uns aus. Wir machen uns alle kaputt. Wir schnaufen alle, wenn wir Treppen steigen. Wir hassen alle die Waage. Wir können alle nicht mit dem Essen umgehen. Ich bin genauso maßlos wie sie. Wir alle kommen mit Mengen nicht klar. Wir alle wissen nicht, wo wir eine gesunde Mitte finden. Und wir benutzen das Essen, um unsere Gefühle nicht mehr zu spüren. Um uns nicht mehr wahrzunehmen. Wir sind alle irgendwie zu viel. Denn auch mein zu wenig sein ist allen irgendwann zu viel.

Unten in der Turnhalle tanzen wir ein wenig zu der Musik, wir gehen durch den Raum, wir stampfen und lachen viel. Ich fühle mich in dem Moment, als wäre ich Teil der Gruppe, eingebunden und fester Bestandteil von ihr. Es ist ein schönes Gefühl. Langsam ist es ein wenig, als könnte ich mich fallen lassen. Wenn sie mich zum Essen zwingen, macht mich mein Gewissen nicht so fertig. Diese absolute Selbstständigkeit, dieses *Du bist freiwillig hier*, das kann ich nicht, ich bin froh, endlich den Vertrag zu haben, der mich verdammt noch mal zum Essen zwingt. Ich will das jetzt schaffen.

Mittwoch

Seelenstriptease

Neununddreißigkommadrei Kilo, mein absolutes Tiefstgewicht.

Mittagsruhe, ich stehe an der Heizung.

»Sofia, willst du nicht einfach versuchen … dich mal hinzusetzen?« Lara sitzt auf ihrem Bett, an die Wand gelehnt, und schaut mich durch ihre große Brille an.

»Was? Ich, nein, oh Gott, mir ist nur so kalt!« Ich lächele und strecke meine Hände demonstrativ über die Heizung.

»Nein, du stehst, weil du verbrennen willst. Aber es hilft nicht, verstehst du? Früher oder später merkst du, wie sinnlos das ist.«

»Nein, ich … Ach shit. Ich kann mich nicht hinsetzen, verdammt.«

Sie nickt und sagt: »Ich weiß.«

Lara ist sechzehn. Und hübsch. Und offen. Wir fangen an zu reden. Unsere Lebensgeschichten auszutauschen, einfach mal so. Es tut gut, endlich verstanden zu werden.

»… und deshalb habe ich jetzt riesige Schuldgefühle, meinen Eltern und so gegenüber, weil ich nicht mehr ihr kleines, liebes, unschuldiges Kind sein kann«, schließe ich ab. »Kacke, du hast dir das doch nicht ausgesucht, hier zu sein«, sagt sie.

»Doch«, flüstere ich leise. »Das ist ja das Problem.«

Sie sieht mich an. »Deshalb habe ich es nicht einmal verdient, hier zu sein. Verdammt, sie sagen, es wäre nicht meine Schuld und ich hätte mir das ja nicht ausgesucht – aber das hab ich, verstehst du? Ich habe es mir ausgesucht. Ich wollte so sein, es war meine Entscheidung, krank zu werden. Ich bin diesen Weg bewusst gegangen. Wie dumm kann ein Mensch sein? Wie kann ich das hier sagen, vor all den Mädchen, die so darunter leiden? Ich leide nicht nur, ich lebe auch von der Essstörung. Und ja, ich wollte sie.« Lara lächelt. »Ich habe abends im Bett gelegen und gebetet, dass ich doch bitte magersüchtig werde. Verstehst du, ich habe gebetet. Wie krank ist das? Du bist damit nicht die Einzige hier, sicherlich nicht. Ich wollte magersüchtig sein, ich wollte dürr sein und dass sie sich um mich kümmern und verdammt, was ist aus mir geworden? Eine scheiß Bulimikerin.« Betroffen sehe ich sie an. »Das tut mir leid.« Es tut mir leid, dass du Bulimie hast und nicht Magersucht. Ich könnte mich gegen die Wand werfen, was für ein bescheuerter Satz, es tut mir leid. »Wie fühlt sich das an, Bulimie?«, frage ich deshalb schnell weiter. Und dann beschreibt sie es mir, und ihre Worte malen Bilder in meinen Kopf, unbegreiflich und weit fern. Ich könnte das nicht, könnte niemals so die Kontrolle verlieren. Dachte ich, damals.

Donnerstag

Das schweigende Telefon

Donnerstag. Ich bin jetzt schon eine Woche hier! Und die ist doch erstaunlich schnell rumgegangen. Ab fünf ist mein Telefon freigeschaltet. Vorher haben wir Gestaltungstherapie. Wir erstellen ein Lebensbuch, in das wir nach und nach Bilder einheften dürfen. Es gibt dann Fragen dazu, Dinge wie: das Muster deiner Wunschtapete oder deine Lieblingsszene aus deinem Lieblingsmärchen und so weiter. Aber erst einmal geht es darum, dem Ganzen eine schöne Außenhülle zu verpassen. Die anderen sind Künstler, sie malen wunderschöne Buchstaben und Muster und kleben und reißen und zaubern. Ich mühe mich ab, bringe aber nichts Anständiges zustande.

»Seid ihr denn zufrieden mit dem, was ihr gemacht habt?«, fragt die Therapeutin am Ende der Stunde. Sie ist jung und hübsch, hat ihre lockigen, blonden Haare zu einem Dutt hochgesteckt, ein paar Strähnen fallen locker heraus. Sie sieht aus wie der Frühling. Als ich an der Reihe bin, schüttele ich bloß mit dem Kopf.

»Es ist hässlich«, murmele ich vor mich hin.

»Warum findest du es hässlich?«

»Weiß nicht. So sollte es nicht sein.«

»Wie sollte es dann sein?« Aufmerksame Augen blicken mich an. Aber sie verstehen nicht. Sie verstehen nicht, worum es hier geht. Die Therapeuten meinen, sie könnten ein Buch einfach Lebensbuch nennen und sagen, dass wir unser gesamtes Leben hineinheften sollen. Aber so einfach funktioniert das nicht. Denn die Hülle dieses Lebens, das ist mein Körper. Und ich weiß nicht, wie ich all den Tapetenträumen und Lieblingsmärchenerinnerungen in diesem Körper Raum geben soll. »Ich weiß nicht, wie es aussehen soll.« Frau Frühling schlägt mir vor, mir erst ein genaues Bild meiner Wünsche und Erwartungen zu machen und dann loszulegen. Ich hätte ihr gerne gesagt, dass dafür im Leben nie genug Zeit bleibt, aber das geht nicht mehr, weil die Stunde gleich zu Ende ist.

Nach der Gestaltungstherapie geht es mir eher schlechter. Es ist halb fünf, gleich darf ich telefonieren. Kopfschmerzen dröhnen in mir und als ich auf mein Zimmer gehe, wird mir klar, dass ich Angst habe. Angst, die Stimme meiner Mutter zu hören, wo ich doch die letzten Tage gar kein Heimweh gehabt hatte. Es soll nicht wiederkommen, ich will dieses schreckliche Gefühl nicht spüren müssen. Wenn man gerade vierzehn ist, sind zwei Monate eine verdammt lange Zeit, um von zu Hause weg zu sein, vor allem, wenn es einem nicht gut geht. Und gleichzeitig sehne ich mich nach ihrer sanften Stimme, nach dem, was sie zu erzählen hat. Ich beschließe also, erst einmal nicht den Telefonhörer abzunehmen, um ihr das Gefühl zu geben, ich wäre total beschäftigt und glücklich hier. Es soll das perfekte Bild von mir entstehen. Ich will nach außen hin jemand sein, der ich in Wahrheit noch längst nicht bin. Sie sollen denken, ich sei glücklich, ich wäre frei. Nach einer Woche. Ich stehe also um fünf vor dem Telefon, darauf wartend, dass es klingelt, damit ich den Anruf nicht entgegennehme. Aber es kommt kein Anruf. Um viertel nach fünf gehe ich mit auf den Spaziergang, den ich noch mit der Gruppe machen muss. Natürlich ist es nicht schlimm, dass sie noch nicht angerufen hat; es war nur eine viertel Stunde, aber ein Teil tief in mir hatte doch gehofft, dass sie wie ich um Punkt FÜNF vor dem Telefon steht. Jetzt sitze ich hier, viertel vor sechs, immer noch kein Anruf. Die anderen essen, ich bin ja in der Einzelessbetreuung, esse heute erst um viertel vor sieben. Eine Stunde Zeit. Aber sie ruft nicht an. Okay. Vielleicht bringt sie meinen Bruder gerade irgendwohin. Vielleicht hat sie es nicht geschafft, weil sie im Stau steht. Die Erklärung ist doch nett. Die nächste ist schlimmer. Sie hat es total verschwitzt, dich anzurufen, weil sie gerade unterwegs ist und eigentlich gar keine Zeit hat. Sie hat einfach total vergessen, dass es dich noch gibt. Ja klar. Und in acht Wochen wird sie dann vergessen, dich abzuholen und du stirbst hier. Sicher.

So fühle ich mich. Vergessen. Und dann kommt die dritte Erklärung, die mir mein nettes Hirn gerne noch anbietet: Sie amüsiert sich total ohne dich! Sie ist einfach froh, ihr Sorgenkind – ihr essgestörtes Problemmädchen – eine Weile los zu sein. Sie hat gar keine Lust, jetzt anzurufen, wo sie doch gemerkt hat, wie einfach es ohne dich ist. Viertel vor sieben, ich setze mir ein Lächeln auf, gehe hoch zum Abendessen. Sie sagen, ich würde eine Maske tragen. Aber das stimmt nicht. Die Maske trägt mich.

Und danach sitze ich da und es kommt kein Anruf. Schneewittchen, die Betreuerin, die mich aufgenommen hat, nimmt mich mit in das Betreuerzimmer und redet mit mir. »Es ist total bescheuert, dass ich so viel weine, oder?« Ich kann kaum reden vor Schluchzern. »Aber ich fühle mich so einsam und ich habe Angst, dass sie vergessen hat, dass es mich gibt. Oder dass sie froh ist, dass ich weg bin oder …« Schon wieder diese Tränen. Meine Stimme zerbricht und ich fixiere die Spüle, um irgendeinen Punkt zu haben, an dem meine Augen sich festhalten können. »Das glaube ich nicht. Weißt du, sie wird sich Sorgen machen und sich fragen, was du machst und wie es dir geht, da bin ich mir sicher. Du hast doch eine sehr enge Beziehung zu ihr, oder? Man vergisst sein Kind nicht einfach, Sofia, wirklich nicht. Und wenn sie gleich anruft, kannst du sie fragen, was los war und es gibt sicherlich eine einfache Erklärung, mh?« Sie streichelt vorsichtig meinen Handrücken. Ich nicke, atme tief ein und versuche wie immer zu lächeln. Dann verlasse ich das Zimmer und stoße fast mit Lara zusammen, die mir entgegenläuft. »Telefon für dich.« Sie strahlt mich an und scheint sich wirklich für mich zu freuen. »Ein ziemlich energischer Anrufer, der sich bis jetzt weigert, aufzulegen.« Ich lächele zurück. Mich glücklich zu machen ist so einfach.

Samstag

Lebensgeschmack

Die Strenge wollte mich gestern dazu zwingen, den Ess-vertrag zu erhöhen. »Du könntest langsam das ganze Mit-tagessen essen, bis auf Salat und Nachtisch, findest du nicht auch?«, fragte sie verschmitzt und zückte schon ih-ren Stift, um die Erhöhung zu notieren.

»Nein«, wisperte ich, »Nein, nein, nein.« Das kam für mich nicht infrage, ich kam mit dem jetzigen kaum klar. Ich setzte mich durch, erst einmal keine Erhöhung.

Am Wochenende machen wir immer etwas mit der Gruppe. Wir gehen shoppen, ins Kino, und manchmal wird auch Reiten angeboten. Ich war schon lange nicht mehr Reiten, in der letzten Zeit hatte ich zu gar nichts Lust und habe jegliche Reitbeteiligungen aufgegeben. Irgendwo in mir scheint es, als fehle ein Teil von mir. Mir fehlen der warme Atem in meinem Nacken und der duftende Geruch nach frischem Heu, mir fehlt das Auf-steigen und durch die Wälder Galoppieren, das Gefühl, lebendig zu sein. Mit ein paar anderen Mädchen und ei-ner Betreuerin laufe ich zum Bahnhof, wo wir in einen

Kleinbus, der extra für uns bestellt wurde, einsteigen. Der klapprige, alte Bus mit gemütlichen, weichen Ledersitzen rast mit uns um die Kurven, bremst scharf und gibt wieder Gas. Außerhalb des kleinen Städtchens gibt es nur Land und kleine Straßen. Beim Aussteigen rufen ein paar Mädchen theatralisch: »Ich lebe noch! Ich habe wieder festen Boden unter den Füßen!« Und ich frage mich, ob das tatsächlich stimmt. »Hallo, ihr müsst die Gruppe sein, die sich für zwei angemeldet hat? Wer von euch kann schon reiten?«, fragt die Lehrerin, als wir den Stall betreten. Sie sieht nett aus, und sie sieht uns an, als wären wir eine normale Reitgruppe und keine Truppe Essgestörter. Ich kämpfe mit meiner Hand und weiß nicht, ob ich mich melden soll. Natürlich kann ich reiten. Ich reite seit sechs Jahren, hatte mehrere Jahre Unterricht und Reitbeteiligungen, habe Urlaube auf Reiterhöfen gemacht, war mit meiner Freundin ausreiten. Natürlich kann ich reiten. Aber ich habe Angst – Angst, es verlernt zu haben. Angst, nicht mehr zu genügen, nicht mehr gut genug zu sein und mich zu blamieren.

»Du?« Sie sieht mich an. »Ja, ich kann ein bisschen reiten«, murmele ich. Ein bisschen klingt gut.

»Wenn du willst, kannst du erst an die Longe und dann alleine reiten, wenn es klappt«, bietet sie mir an.

»Okay.«

Wir fangen an die Pferde zu putzen, und ich erkläre den anderen, wofür die Bürsten gut sind. Ich sattele das Pferd und trense es und dann stellt sie fest: »Du kannst das ja alles, du reitest schon länger, oder?« Ich zucke mit den Schultern. »Ja, schon.«

»Wir gucken gleich mal, du brauchst wahrscheinlich gar nicht an die Longe.« Nein, wahrscheinlich nicht. Wir setzen uns in das kleine Café und schauen den anderen beim Reiten zu.

Ich sehe Lena lächelnd auf dem kleinen Haflinger sitzen.

Lena ist begeisterungsfähig, kreativ, anders. Die farbenfrohen Röcke schlackern um ihre dünnen Beinchen, auch ihre Pullover sind bunt und sie hat stets zwei Stricknadeln in den sehnigen Händen. Ihre braunen Haare hat sie meistens mit irgendwelchen Spangen und Zopfgummis zusammengebunden. Sie trägt die glatten, dünnen Haare wie ein notwendiges Übel auf ihrem Kopf, ein weiterer Teil des Körpers, den es so gut wie möglich zurückzustecken gilt, sodass er niemandem im Weg ist. Sie isst gut und wirklich gerne, aber nur Gesundes. In ihrer Familie essen sie auch nur Bio und Vollkorn und all diese Dinge, die ökologisch und gesundheitlich wertvoll sind, erzählte sie mir mal, und so kann sie es bis heute nicht leiden, Ungesundes zu sich zu nehmen. Über die tieferen Gründe ihrer Essstörung redet sie nie, aber wenn sie davon erzählt, klingt alles so schön leicht und lustig. Sie erzählt nie von Tränen und Verzweiflung, sie redet viel, um sich zu verschweigen. Wir haben alle irgendwo unser Geheimnis, das wir mit unserem Leben beschützen wollen. Lenas Geheimnis ist ein offenes, jeder sieht es und doch redet sie nie davon, als könnte sie so seine Existenz verleugnen. Sie ist rastlos, sportsüchtig. Sie läuft mit großen Schritten, rennt immer fast über die Flure, sie läuft Runde um Runde im Garten, sie ist immer draußen. Offiziell liebt sie die Natur. Aber wenn sie losläuft, ist sie verbissen und angespannt. Sie isst und isst und sie nimmt kein Gramm zu. Trotz ihrer Fahrstuhlpflicht läuft sie Treppen, nicht wie die anderen aus reiner Rebellion gegen das System, sondern aus dem reinen Druck in ihrem Inneren, dem verzweifelten Wunsch, ein paar Kalorien mehr zu verbrennen.

Dann endlich bin ich dran. Die Lehrerin hilft mir auf das große, schwarze Pferd.

Der Sattel drückt irgendwie, ich versuche mich bequem hinzusetzen, rutsche hin und her, es tut immer noch weh – dann bemerke ich den fast traurigen Blick der Lehrerin und verstehe, dass es nicht am Sattel liegt. Beschämt gebe ich dem Pferd die Hilfen, aber es bewegt sich keinen Millimeter. Hilflos sehe ich die Frau an und komme mir so dumm vor, als sie mir helfen muss, weil mir die Kraft fehlt, die Hilfen auszuführen. Als wir uns in Bewegung setzen, fühlt es sich einen Moment ungewohnt an. Die Bewegungen des Körpers unter mir. Ich, die die Kontrolle übernehmen soll. Ich, als führende Kraft in der Verbindung. »Du musst schon die Zügel richtig in die Hand nehmen!«, ermahnt sie mich. Die Zügel in die Hand nehmen. Ich atme tief ein, dann greife ich nach dem braunen Leder, führe die Zügel zwischen Ring- und kleinem Finger hindurch, ziehe sie an, stelle die Verbindung zum Pferdemaul her. Ich setze mich tiefer in den Sattel, damit das Pferd mein Gewicht spürt und beginne damit, ihm feine Hilfen zu geben. Und dann gibt es nur noch mich und das Pferd. Ich trabe auf dem Zirkel, sie lobt mich, gibt mir Anweisungen: »Den inneren Zügel etwas kürzer, spiel mit ihm, der Äußere ist gut, stell ihn ein wenig mehr nach innen. Bei A wechselst du in den Galopp, nein, nein, der Übergang muss fließender sein, noch mal in den Trab, ja, so ist es gut, wunderschön!« Ich fühle mich wie ein normales Mädchen. Es macht Spaß, sie ist eine gute Lehrerin, sie behandelt mich nicht mit Mitleid. Sie lobt mich oft und sagt, ich wäre gut, verbessert mich aber auch streng, wenn ich nicht richtig aufpasse. Ich kann ihn nur im Trab kaum aussitzen. Mir fehlt die Kraft in den Beinen und mein Hintern schmerzt. »Du kannst ruhig leichttraben«, bietet sie mir an. Ich will nicht, ich bin zu stolz. Also mache ich weiter, beiße die Zähne zusammen. »Wirklich, du kannst leichttraben, er ist auch schwer auszusitzen!« Irgendwann gebe ich nach, trabe leicht und muss sagen, es ist eine wahre Erleichterung. Und während ich da um sie herum trabe, schießt mir ein Gedanke in den Kopf: Ich muss zunehmen, unbedingt. Nur ein bisschen, dass ich vernünftig sitzen kann. Dann wäre es in der Schule auf den Stühlen auch nicht mehr so schlimm und vielleicht könnte ich dann auch schlafen, ohne am nächsten Morgen mit blauen Flecken aufzuwachen.

In der Klinik schreibe ich gut gelaunt und motiviert eine Liste von den Dingen, die ich tun will, wenn ich wieder zu Hause bin, wenn ich wieder gesund bin. All die Dinge, die ich in meinem Leben vermisst habe, prasseln auf mich ein wie ein heftiger Regenschauer nach zu langem Sonnenschein. Ich hatte meinen Schein, ich habe mir vorgegaukelt, es wäre okay und ich könnte mit einer Essstörung auch weiterleben, aber in dem Moment möchte ich gerne wieder nass werden, ich möchte nicht verdursten und vertrocknen, ich möchte lebendig sein. Es ist ein schönes Gefühl, ein sehnsüchtiges – Sehnsucht nach Dingen, die so leicht zu haben sind. Ich schreibe Reiten auf die Liste und die Tage am See mit meiner Freundin und die Donnerstage bei Starbucks mit ihr und vielleicht lerne ich noch etwas … einen Babysitter-Führerschein würde ich gerne machen.

Der letzte und schönste Punkt auf der Liste: Leben.

Montag

Abstürze

Lara feiert heute Abend in ihren Siebzehnten rein.

Anfangs macht es wirklich Spaß. Wir treffen uns alle auf Veronikas Zimmer, in dem Kai den Erdbeersekt, Wodka und Orangensaft aus seinem Rucksack zieht. Die erste Runde geht an mir vorbei, ich lehne dankend, freundlich lächelnd ab. Plötzlich schreit Kai auf. »Scheiße, ich glaube, ich hab auf den Notknopf gedrückt!« Zwischen Panik und Lachen springen wir auf und rasen zurück auf unsere Zimmer, ziehen die Decken bis zum Kinn hoch und stellen uns schlafend. Dann warten wir, zählen die Atemzüge. Als Kind habe ich Versteckspielen geliebt. Ich fand die besten Verstecke. Es gab nur zwei Probleme: Ich musste immer sofort aufs Klo, wenn ich ein Versteck gefunden hatte und wurde auch meist vergessen. »Lara, stell dir vor, als Kind hat man beim Versteckspiel einfach vergessen, dass ich noch versteckt bin. Einmal, im Kindergarten, habe ich über eine Stunde in einem Versteck gehockt. Als ich rauskam und die anderen spielen sah, war mir total nach Heulen zumute«, flüstert mein Mund, so leise, dass nur ich es hören kann, denn ich will nicht, dass sie mich für verrückt hält. Ich muss daran denken, wie paradox es ist, sich zu verstecken: Man will gesucht, aber nicht gefunden werden.

In dem Moment klopft es an der Tür. »Ihr könnt wieder rauskommen, die Luft ist rein, ich hab den Knopf wohl doch nicht richtig gedrückt, es ist niemand da gewesen!« Wären wir erwischt worden, wären wir alle aus der Klinik geflogen – Verstoß gegen die Nachtruhe, Alkohol, Süßigkeiten auf dem Zimmer, Zigaretten unter achtzehn und offenes Feuer. Zurück auf Veronikas Zimmer wird der Wodka wieder ausgepackt. Er dreht so seine Runden und ich lehne jedes Mal ab. Veronika und Lara werden immer heiterer, ich beobachte sie fasziniert. Clara greift sich die Flasche und schüttet den Wodka einfach pur runter.

Clara ist mit Abstand die Schönste unter uns. Sie wirkt in ihrem Dünnsein nicht so verzweifelt und kaputt, sondern wie eine kleine Elfe. Ihre Haare fallen in wunderschönen, feinen Locken über ihre Schultern, Locken, wie ich sie bis dahin noch nie gesehen habe. Sie hat diese riesigen blauen Augen, die so voller Unschuld sind. In ihnen scheint ein Meer zu liegen, etwas tief Verborgenes, das ich nicht durchdringen kann. Clara geht nicht, sie schwebt. Ihre kleinen Füße, die elfengleich trippeln, ihre sanfte, helle Stimme. Manchmal erwische ich mich dabei, wie ich sie heimlich beobachte, wie ich zuhöre, nur weil sie spricht. Clara hat niemandem erzählt, was in ihr vorgeht. Bei ihr zu Hause denken alle, sie sei auf Kur, weil sie Magenprobleme hat. »Ich möchte einfach nicht, dass alle mich mit diesem mitleidigen Blick ansehen«, erklärte sie mir einmal. Ich nickte, den Blick kannte ich gut. Zu oft hatte ich diese traurigen Augen auf meinen nackten Knochen gespürt, all die bohrenden Fragen aus stummen Mündern, die auf mich eingeprasselt waren …

»War wohl eine kluge Entscheidung«, hatte ich gemurmelt, aber sie hatte den Kopf geschüttelt. »Manchmal wünschte ich, mit einer Freundin drüber sprechen zu können.« Aber jetzt ist sie hier, um zu reden. Um von sich zu erzählen, von all dem Dunklen, das sie irgendwo hinter ihrer schönen Fassade versteckt hält. Sie erinnert mich an all die glitzernden Feen aus den Kinderbüchern. Und ich frage mich, ob sie vielleicht auch ihr Essen erbrechen, weil sie dünn sein müssen. Ob sie vielleicht auch manchmal traurig sind. Clara ist so eine Fee, die vielleicht nie selbst in den Arm genommen wurde. Sie ist eine Fee, die sich dazu entschlossen hat, ihre gebrochenen Flügel alleine zu heilen. Wahrscheinlich würde alles andere nicht zu ihr passen. Clara ist nur einsfünfzig groß, was natürlich dazu führt, dass sie unglaublich schnell wieder normalgewichtig wird. Denn jedes ihrer Kilos verändert ihren BMI viel mehr als den einer größeren Person, da dieser sich schließlich aus Größe und Gewicht errechnet. Und normal werden, das widerstrebt ihr total. Vielleicht will ich es auch nicht. Denn welcher Fee wünscht man schon, sich wieder unter die graue Masse der Menschen zu mischen? Wenn sie nur erkennen würde, dass sie als Person so besonders ist. Wenn sie nur begreifen würde, dass sie das Dünnsein gar nicht braucht, um schön zu sein. Und dennoch riecht man an ihr förmlich den unstillbaren Durst nach dem wahren Leben, dieses Suchen nach Mehr, wenn sie lacht und mit Veronika Pläne für die Zukunft macht, wenn sie von Reisen und dem Leben spricht, das sie schmecken will.

»Ich geh eine rauchen.« Veronika öffnet den Schrank, zieht einen Pullover und drei Bücher heraus, dazwischen klemmt eine Packung Zigaretten. »Wer kommt mit?« Ein paar Leute folgen ihr, ich beschließe, auch auf den Balkon zu gehen. Sie bieten mir eine Zigarette an und ich nehme sie vorsichtig in die Hand. Sie ist schon angezündet und fast zur Hälfte runtergebrannt. »Das ist 'ne Schokozigarette, probier mal.« Ich frage mich, ob Zigaretten Kalorien haben, wenn sie Schokogeschmack haben. Aber davon will ich mir nichts anmerken lassen, also ziehe ich daran. Das erste Mal in meinem Leben, ich fühle mich ein bisschen cool und rebellisch und unterdrücke meinen Husten, auch wenn ich nur gepafft habe. »Schokozigaretten, schmeckst du es?«

»Ja, schmeckt cool.«

»Willste noch mal?«

»Nee, danke.« Ich bin überzeugt, nach dem zweiten Mal paffen bin ich so süchtig, dass ich mein Leben lang rauchen werde, deshalb lasse ich es sein. Drinnen werden die anderen immer betrunkener. Als ich an die Balkontür klopfe, öffnet Veronika mir und ich schlüpfe hinter ihr zurück in das warme Zimmer. »Sofia! Setz dich zu uns!«, lallt Clara und deutet auf den Platz neben sich. Im Schneidersitz lasse ich mich auf den Teppich sinken und sehe Veronika, die sich wie selbstverständlich auf Kais Schoß niederlässt.

»Lass uns ›Hast du schon mal‹ spielen!«, grinst Kai herausfordernd. »Und ich fange an.« Er nimmt sich den Erdbeersekt, dessen scharfsüßlicher Geruch den Raum erfüllt, sobald er den Deckel öffnet, und trinkt den letzten

Schluck aus. Dann legt er die Flasche in die Mitte zwischen uns und dreht sie, soweit es auf dem Teppich möglich ist. Die Flasche zeigt auf Clara.

»Hast du schon mal über Wochen eine Lüge gelebt?«, will Kai wissen. Claras Gesicht wird plötzlich schrecklich hart, nur eine Sekunde lang, bevor sie sich wieder fängt.

»Ja.« Ich sehe auf meine Fingernägel, weil die Situation plötzlich furchtbar angespannt wirkt. Wir alle spüren die Stille, die uns umgibt, diese Stille, in der jeder weiß, was der andere gerade denken muss – und es doch nicht ausspricht. Clara scheint der Situation entkommen zu wollen, sie greift die Flasche und dreht sie. Als Nächstes ist Veronika an der Reihe. Sie hat sich mittlerweile neben Kai gesetzt, um eine Chance zu haben, auch mal dran zu kommen.

»Hast du schon mal einen Freund gehabt?«, will Clara wissen. »Nein«, schüttelt Veronika den Kopf, grinst und greift sich die Flasche. Ich versuche vorsichtig, ein Stück zurückzurutschen, als sie langsamer wird.

»Sofia, du bist dran! Mmh … lass mich überlegen.« Sie sieht mich lange eindringlich an. »Hattest du schon mal Sex?« Ich spüre, wie ich rot werde. »Gott, Veronika!«, ruft Kai empört. »Sie ist vierzehn! Ich weiß ja nicht, was du mit vierzehn so gemacht hast …« Veronika zuckt die Schultern. »Sorry Sofia, ich vergesse immer, dass du jünger bist als wir. Du wirkst so viel älter.«

»Danke«, sage ich lächelnd und greife nach der Flasche. »Ich habe aber noch nicht mehr gemacht, als einen Jungen zu küssen, und ich denke, so schnell wird sich daran nichts ändern. Gerade besteht kein Interesse.« Ich drehe die Sektflasche in unserer Mitte herum. »Lass dir mal alles offen«, murmelt Lara, die gerade vom Balkon hereinkommt. Sie schließt die Tür, lässt sich neben mir nieder und fragt: »Habt ihr noch was zu trinken?« Kai öffnet seinen Rucksack und holt die nächste Flasche heraus, Waldgeist, irgendein grünes Wodkagetränk. Die leere Erdbeersektflasche ist schnell vergessen und jeder grüne Schluck, den sie in sich aufnehmen, macht mir die Menschen fremder. Ich lehne immer noch ab, während sie immer mehr trinken, Kai steht auf, schwankt, fällt wieder hin, sie lachen und sind plötzlich so unglaublich laut, so extrem. Ich höre das Plätschern und Rauschen des Alkohols, ich rieche die Zigaretten, die sie auf dem Balkon rauchen, und verspüre das Bedürfnis, mir die Ohren zuzuhalten, mich in einer Ecke zu verkriechen und schließlich gänzlich zu verschwinden. Dabei rückt der Alkohol mich selbst schon in den Hintergrund, denn während die anderen immer selbstbewusster werden, verschwinde ich, das blasse, junge Mädchen, irgendwo dazwischen.

»Ich geh schon mal schlafen«, wispere ich Lara ins Ohr, sie nickt bloß und nimmt einen weiteren großen Schluck

Wodka. Ich fliehe einfach zurück in mein Zimmer. Es gibt diesen Moment auf einer Party, ab dem man entweder betrunken sein muss oder nach Hause geht. Ich will nicht betrunken sein und der Weg nach Hause wäre wohl zu weit, aber hier auf meinem Zimmer ist es auch gut, geschützt. Also verlasse ich Veronikas Partyraum am Ende des Flures. Ich gehe an der Sitzecke mit Couch und Tisch vorbei, an der kleinen Besenkammer mit all den Pinseln und Farben, zurück auf mein Zimmer. Stille ummantelt mich. Ist das das Leben, was mich da draußen erwarten wird, wenn ich erst sechzehn bin? Werde ich auch so sein? Bedeutet das Spaß haben, leben? Ich lasse mich auf mein Bett fallen und ziehe mein Tagebuch hervor, um für mich aufzuschreiben, wie ich sein möchte, wenn ich sechzehn bin. In dem Moment kommen Lara und Clara lallend herein. Clara ist immer noch schön, sogar so betrunken, wie sie ist.

»Ich muss mal«, lallt sie, »aber drüben ist das Bad besetzt, da machen Veronika und Kai rum.«

»Aha.«

»Kann aber noch gerade laufen.« Sie will sich aufs Bett setzen und verfehlt, landet auf dem Boden, lacht.

»Guck mal!« Lara zieht ein Buch aus ihrem Schrank hervor. »Die sechzehnjährige Lilly hat Bulimie«, liest sie, und die beiden fangen schallend an zu lachen.

»Bulimie, hahaha, geil!«, lallt Clara.

»Warte, warte, hier: Sie isst und bricht danach!« Die beiden liegen am Boden vor Lachen, während ich dastehe und sie einfach nur anschaue, als wären sie eine Attraktion, als würden sie mir eine Show bieten, eine private, schreckliche Show, die ich gerne mit vielen Buhrufen kommentieren würde, aber so bin ich nicht, so war ich noch nie. Wenn das Publikum aufsteht und klatscht, dann tue ich es ihm nach, und so beklatsche ich die beiden als stiller, zustimmender Teil einer Gesellschaft, die vielleicht schon lange aufgegeben hat, sich gegen den Strom zu stellen.

Am nächsten Morgen erfahre ich, dass Clara auf den Flur gekotzt hat und verstehe plötzlich, wofür der Wodka gut gewesen war – sie hatte wahrscheinlich brechen wollen. Ich erfahre auch, dass da insgesamt noch ein bisschen mehr gelaufen war und dass Marika sich vom Balkon stürzen wollte, dass sie sie festhalten mussten. In diesem Augenblick beschließe ich, in meinem ganzen Leben keinen Schluck Alkohol zu trinken. Zu groß wäre die Gefahr, jemanden in mir zu entdecken, der ich nicht sein will. Meine Mutter erklärte mir einmal, Alkohol verstärke die Eigenschaften der Menschen: Ein humorvoller Mensch wird lustiger, ein zurückgezogener wird noch stiller und ein aggressiver kann dann auch mal die Kontrolle über sich verlieren. Ich weiß nicht, was ich für Charaktereigenschaften habe, aber ich möchte nicht, dass der Alkohol meine strenge Selbstkontrolle aufbricht. Was ist Marika, wenn nicht still, aggressiv oder lustig? Ich glaube, sie ist abgrundtief traurig.

Marika witzelt ständig fröhlich herum und bringt alle zum Schmunzeln. Bevor man sie sieht, hört man sie, ihre sanfte, ungewöhnliche Stimme und ihr schallendes Lachen. Dann sieht man sie, ein Mädchen, das in allem, was sie ist, so gegensätzlich scheint: ihre unendliche Traurigkeit verbunden mit dem immerzu fröhlichen Auftreten, die sanfte Stimme mit dem großen, schweren Körper, ihr lockiges Haar, das unkontrolliert auf ihrem Kopf zu toben scheint, direkt über den dunklen Augen, in denen manchmal ein müder Ausdruck liegt. Sie erinnert mich an ein kleines Mädchen, das zu viel von der Welt spüren musste, jemand, der allen Menschen die Liebe spendet, die es selbst so dringend braucht. Aber wenn Marika mich umarmt und »Ach Sofialein« seufzt, dann fühle ich mich so geborgen an ihrem weichen, warmem Körper, dass ich mir wünsche, sie würde nicht abnehmen, zumindest nicht allzu viel. Sie riecht immer ein wenig nach meinem Lieblingsdeo und abends auch ein wenig nach Schweiß, dann bilde ich mir ein, einen

Teil der alten, traurigen Marika zu riechen, der heute gestorben ist und darauf wartet, unter der Dusche abgewaschen zu werden, im Abfluss zu verschwinden und sich nie wieder an sie zu heften. Aber Marika ist zu oft verletzt worden, um ihren Körper einfach zu akzeptieren, zu viele Worte haben ihre dunkle Haut durchdrungen und ihr viel zu zartes Herz zerrissen. Menschen gehen davon aus, dass du verletzlicher bist, je dünner du bist. Zu viele Menschen denken, es würde Menschen wie Marika egal sein, wenn man mit ihnen unvorsichtig umgeht. All die Verletzung, die man ihr zugefügt hat, hat sie in sich gesammelt und gespeichert. Erst, wenn sie singt, legt sie ihren ganzen Schmerz in ihre außergewöhnliche Stimme und bewegt uns alle damit. Sie ist ein besonderes Mädchen, und wenn sie singt, scheint es, als halte die ganze Welt den Atem an, still und gerührt von so viel Gefühl, Leidenschaft und Liebe. Sie war sogar schon mal bei einer Castingshow gewesen, erzählte sie. »Aber die Jury meinte, würde sie mich nachts im Dunkeln treffen, hätten sie Angst vor mir. Und ich wäre zu fett, um ein Star zu sein.« Dabei klang ihre Stimme wieder verletzt, traurig und irgendwie verloren. Dabei ist Marika alles andere als Angst einflößend. Sie ist liebevoll und besonders. Alle kennen sie für ihre Umarmungen, ihre tröstenden Worte, ihre Liebe. Sie gibt all das, was sie selbst nie erfahren hat. Und als sie zum Abschied, bevor sie die Klinik verließ, im großen Plenum vor der gesamten Klinik *Beautiful* von Christina Aguilera sang, da wurde es zu meinem absoluten Lieblingslied. Ich kenne niemanden, der es annähernd so gut gesungen hat wie sie, nicht mal Christina selbst. In ihren Augen schimmerten Tränen und das, was sie sang, wollte sie so unbedingt glauben.

Mittwoch

»Krank« auf der Stirn

Ich will leben. Und dennoch erreicht meine Stimmung heute den Tiefpunkt. Ich will das hier nicht mehr. Ich will nicht mehr eine von ihnen sein. Ich wog gestern neununddreißigkommafünf Kilo, dafür, dass ich mit vierzigkommasieben vor fast zwei Wochen in die Klinik gekommen bin, ist das wohl eher kläglich. Es dreht sich hier alles ums Essen. Um Kalorien. Morgen habe ich wieder Gestaltungstherapie, die schlimmste von allen. Mein Perfektionismus macht diese Therapie absolut kaputt, ich zerreiße, während all die Mädchen ihre Kunstbilder zeichnen, so schön, so perfekt. Ich kann nicht gut zeichnen, ich weiß nicht, wieso ich zeichnen muss, ich drücke mich darüber nicht aus, ich will das nicht.

Magersüchtige seien oft kreativ, heißt es, und das sind sie auch alle, während ich nicht weiß, was ich auf das weiße Papier kritzeln soll. Meist schreibe ich dann ein paar Wörter auf irgendein Blatt und hasse mich dafür. Warum bin ich nicht kreativ? Ich kann nicht zeichnen. Ich will nur Worte, all die Worte in meinem Kopf will ich endlich auf Papier fesseln dürfen.

Außerdem hasse ich es, wenn sie *ihr* sagen. Sie sagen: »*Ihr* teilt euer Brot in viele Stücke.« Sie sagen: »*Ihr* seid, *ihr* tut, *ihr* wollt …« Ich will nicht *die Magersüchtige* sein. Verdammt, ich bin ein Mensch, ich bin ein Mädchen mit einer Geschichte, ich bin nicht nur eine Krankheit. Natürlich steht meine Krankheit im Vordergrund, aber ich will sie in den Hintergrund rücken. Ich kann hier nicht gesund werden, nicht so.

Lara bricht morgen ab. Sie sagt, dass sie die Bulimie besiegen, aber nicht zunehmen will. Und wenn sie hier zunimmt, kann sie die Bulimie nicht besiegen, weil sie ja dann noch mehr brechen müsste, sie will ihr Gewicht jetzt also halten und dann zu Hause gesund werden, sie weiß jetzt ja, wie das geht ...

Ich glaube, sie betrügt sich selbst, denn jemand, der untergewichtig ist und nicht zunehmen will und dann denkt, so gesund werden zu können, mit dem kann etwas nicht stimmen. Ich weiß nicht, wie sie sich ihr Leben später vorstellt. Möchte sie jeden Tag auf Diät bleiben, um sich ja nicht zu übergeben und ihr Gewicht zu halten? Denkt sie, dass sie untergewichtig normal leben kann, wenn ihr doch die Haare ausfallen und ihr dauernd schwindelig ist und sie sich mit ihren Eltern um jedes Maiskorn streiten muss? Irgendein Gefühl sagt mir, dass es so nicht funktionieren kann.

Heute Abend rief Jenna mich an. Jenna, meine beste Freundin. Jenna, mit der ich so viele Erinnerungen teile. Früher gehörten uns die Donnerstage. Wir fuhren in die Stadt, wo sie einmal die Woche zum Arzt musste. Ich lächele heute noch, wenn ich daran denke, wie ich ihr immer einen Smiley auf den Arm zeichnete und wir die Ärztin baten, in die Augen, die Nase oder den geöffneten Mund die Spritze gegen die Pollenallergie zu setzen. Danach liefen wir meist zu Starbucks, wo wir uns einen Java Chip Chocolate bestellten und uns teilten. Bis zu dem Tag, an dem ich einfach keinen Hunger mehr hatte.

Aber Jenna blieb. Im Krankenhaus besuchte sie mich, auch wenn ich keinen Besuch haben wollte. Eines Tages stand sie da und sagte: »Ich weiß, dass du denkst, du hättest nicht das Recht, besucht zu werden oder dass du darauf einfach keine Lust hast. Ich gehe auch gleich wieder, wenn du möchtest, aber du fehlst mir einfach so sehr.« Und ich reagierte kaum, weil ich in meiner Seifenblase saß und ihre Stimme mich nicht erreichte. Dann legte sie ihre Tasche ab, kam auf mich zu und schloss mich fest in ihre Arme. Sie hielt mich einfach nur fest und ich weinte an ihrer Schulter.

»Na, Maus! Wie geht's dir?«, meldet sie sich nun also am Telefon.

»Gut!« Ich lasse mich auf das Bett fallen, streife die Hausschuhe ab und ziehe meine Füße unter die Bettdecke.

»Wie läuft's in der Schule?«

Sie lacht. »Stell dir vor, wir haben ja jetzt eine neue Religionslehrerin. Sie ist erst ein paar Tage an unserer Schule. Ohne Scheiß, niemand nimmt die ernst, das ist so witzig! Die schreibt unsere Namen an die Tafel, weil sie so verzweifelt ist, und bei drei Strichen gibt's 'ne Aufgabe – aber sie bekommt nicht mit, dass immer irgendein Junge irgendwann aufsteht, sich hinter ihrem Rücken nach vorne schleicht und ein paar Striche wegwischt.«

»Ach Jenna«, sage ich und muss lachen. »Ihr seid echt solche Granaten!« Mein Blick schweift zu dem Plakat, das meine Klasse mir zum Abschied geschenkt hatte. Wir lieben dich, lese ich, immer und immer wieder.

»Joa… Und was macht ihr da so?« Ihre Stimme klingt wie immer verunsichert, wenn sie danach fragt, was ich hier tue. Sie weiß nicht, wie sie damit umgehen soll, weil sie keine Ahnung hat, wie alles hier abläuft, was mit mir gemacht wird und wie es mir wirklich geht. Ich nehme es ihr nicht übel.

»Gestern war eine Party«, erzähle ich. »Also nicht erlaubt. Wir waren auf einem anderen Zimmer und alle haben sich betrunken. Ich nicht, ich hab nur einmal an ᾿ner Zigarette gezogen.« Wir schweigen beide einen Moment.

»Aha«, sagt sie dann.

»Joa. Und sonst so in der Schule?« Ich höre ihren Laptop im Hintergrund laufen. Ich höre ihre Finger tippen und frage mich, ob sie mir überhaupt zuhört. »Warte, ich muss das hier eben zu Ende schreiben«, murmelt sie und ich warte, zähle die Sekunden und meine Finger und die Macken im Schrank.

»Also, in Chemie letztens hat wirklich jemand gefragt, wo du eigentlich bist, du wärst so lange nicht in der Schule gewesen! Wir haben so gelacht, ohne Spaß.« Ich grinse. »Mom hat mir erzählt, Vincent, mein Zwillingsbruder, hätte nach drei Tagen, die ich weg war, am Tisch plötzlich gefragt: Wo ist eigentlich Sofia?«, erzähle ich.

»Es ist einfach seltsam, man muss sich voll an den Gedanken gewöhnen, dass du jetzt länger weg bist«, gibt sie zu. Ich weiß nicht, was ich darauf erwidern soll. Mir wäre nach einem *Tut mir leid,* aber ich sage nichts. »Ja, kann schon sein.« Nervös drehe ich das Telefonkabel um meine Finger. »Du, Jenna, ich muss jetzt langsam auflegen.« Sofort denke ich an die letzten Monate. Früher haben wir jeden Abend telefoniert, aber die Telefonate wurden von Tag zu Tag kürzer. Ich muss jetzt langsam auflegen, sagte ich immer, ich musste ja noch Laufen gehen. Und weil ich jeden Tag länger lief, musste ich jeden Tag früher auflegen. Einmal stritten wir deswegen. Daran muss ich gerade denken und flüstere: »Es tut mir leid.« So leise, dass sie es nicht hören kann. Sie scheint aber denselben Gedanken zu haben.

»Sofia, ihr … ihr dürft doch da keinen Sport machen, oder?« Ich atme tief ein. »Die würden mich erschießen, wenn ich's täte. Maus, die passen hier verdammt gut auf mich auf! Abgesehen davon, dass ich kein Kaugummi kauen darf. Das nervt. Aber ansonsten, mach dir echt keine Sorgen um mich. Die wissen schon, was sie mit so einem seltsamen Ding wie mir machen sollen!« Sie lacht leise und weiß nicht, wie ernst ich das gemeint habe.

Manchmal fühle ich mich so. Wie ein seltsames Ding, auf einem Marktplatz, das in der Mitte zur Schau gestellt wird. Und da ist es doch ein schönes Gefühl zu wissen, dass ich endlich nicht mehr allein auf dem Marktplatz stehe. Dass ich hier an einem Ort voller seltsamer Dinger bin, die sich im Leben da draußen alle gleich seltsam fühlen. Wenn ich wiederkomme, kann ich vielleicht wieder wie der Rest der Menschen über den Markt laufen.

»Okay«, seufzt sie, »dann legen wir wohl mal auf. Ich schreib dir aber auf jeden Fall noch einen Brief. Ich hab dich lieb!«

»Ich dich auch. Schlaf schön!«

Als ich das Telefon zurücklege fühlt es sich so an, als lege ich sie selbst zur Seite. Ich sehne mich nach dem Alltag, den sie weiterlebt: in die Schule gehen, nachmittags im Internet surfen, mit den Eltern streiten, für Arbeiten lernen, Freunde treffen. Manchmal frage ich mich, warum ich es nicht geschafft habe, diese Normalität zu leben. Ich darf jetzt nichts überstürzen. Wenn ich wieder gesund werden will, muss ich hier durchhalten. Wenn ich leben will, muss ich hier erst einmal lernen, zu überleben. Also durchatmen und darauf hoffen, dass die Neue am Dienstag nett sein wird. Darauf hoffen, dass alles gut werden kann.

Weitergehen

Kann nicht beschreiben,
Wie fühlt es sich an?
Kann nicht beweisen,
Wie schön es sein kann.

Seht mich als traurig,
Seht in mir Frust,
Seht in mir schaurig,
Mein Geistesverlust.

Doch ich bin so real,
Wie nie zu träumen gewagt,
Klammer mich fest an dem Pfahl,
Der bald schon versagt.

Lebe nur für den Moment,
Lebe für mein Skelett,
Gebe hundert Prozent,
Um zu fliehen, will weg.

Muss diesen Ort jetzt verlassen,
Gehe meinen eigenen Weg,
Doch ich kann das Gefühl niemals hassen,
Wie mich die Leere bewegt.

Und so komme ich wieder,
Immer neu angeschlichen,
Strecke all meine Glieder,
Nach den schmerzhaften Stichen.

Und wenn es mir schlecht geht,
Ist es immer parat,
Weil es mir immer beisteht,
Mit seiner lockenden Art.

Mein einziger Freund,
In dieser schwierigen Zeit?
Hab mein Leben versäumt,
Leb in Verschlossenheit.

Lasse mich fallen,
Nichts fängt mich auf.
Lasse mich halten,
Nichts hält mich auf.

Dieser Weg endet hier,
Egal wie, und wodurch,
Wenn ich mich in meinen Augen verlier,
Erkenne ich: Ich hab Furcht.

Woche 3–4,

erweiterte Einsicht und anfänglicher Kampf

Donnerstag

Freiheit

Gestaltungstherapie. Mir gelingt nichts mehr. Das Lebensbuch habe ich einfach weggeschmissen. Noch einmal neu begonnen. Es bereitet mir Kopfzerbrechen. Was ist meine Hülle? Wie soll ich aussehen? Wie fülle ich ein gesamtes Leben? Wie erfülle ich mich? Frau Frühling unterhält sich mit mir, aber ich bekomme es kaum mit. Sie sicht auf mein Buch und sagt: »Das ist doch gar nicht so schlecht« oder »Was magst du daran denn nicht?« Aber wir wissen beide, dass es den Vergleich mit den anderen Büchern nicht standhält. Natürlich ist es meins. Mein eigenes. Aber ich lebe davon, mich zu vergleichen. Ich kann mich immer nur mithilfe der anderen einstufen. Dicker als die und dünner als der. Größer als der und kleiner als die. Schlauer als der und dümmer als die. Genauso schnell wie der. Langsamer als die.

Davon lebe ich, das ist mein Halt.

Ich brauche einen freien Kopf. Und dann kommt Lena am Ende der Therapie auf mich zu.

»Du hast jetzt Ausgang, oder?«

»Ja. Eine Stunde.«

Sie grinst. »Soll ich dich abholen? Ich bin um kurz nach fünf da.«

Ich nicke. »Das wäre schön.«

Und dann verlasse ich die Klinik das erste Mal ohne Betreuer. »Du darfst dir aussuchen, wohin wir gehen!«, erklärt sie mir feierlich. »Ich kenn mich hier doch gar nicht aus!«, protestiere ich. »Ich meine, nur von den Therapiespaziergängen. Aber da sind wir ja immer die gleichen Strecken gegangen.«

»Das bedeutet also, die Strecken nerven dich«, stellt sie provozierend fest.

»Nein, ich weiß nicht. Also ich weiß ja nicht, was es sonst noch hier gibt ...« Sie verwirrt und verunsichert mich. »Zeig mir doch einfach was Schönes!«, schlage ich deshalb vor.

»Okay«, sagt sie. »Musst du etwas kaufen?«

»Nicht, dass ich wüsste.«

»Dann zeige ich dir jetzt wirklich schöne Ecken!«

Wir laufen in den kleinen Wald neben der Klinik. Eine steinerne, schmale Brücke führt über den Bach hinein. Der Waldweg wird weiter und umrundet ein großes Wildgehege, in dem wir einen Blick auf ein paar scheue

Rehe erhaschen. Wir gehen nebeneinander her, ich versuche, mit ihren großen Schritten mitzuhalten. Sie läuft schnell, zu schnell.

Während die Worte uns anfangs noch über die Lippen stolpern, tauchen wir bald in ein echtes Gespräch ein – ein Gespräch, in dem es nicht mehr darum geht, den anderen von sich und seinen Worten zu überzeugen, sondern darum, die Gedanken und Gefühle auf den Schultern des anderen ein wenig ruhen zu lassen. Wir reden über die Therapie, ich erzähle ihr, wie es mir geht, wie sehr ich in der Gestaltungstherapie leide. Sie versteht es, ihre mitfühlende Stimme berührt mich.

»Wie kam es bei dir eigentlich dazu?«, frage ich irgendwann vorsichtig.

»Ich war ein Jahr lang in Lettland. Da ging es mir eigentlich gut, aber am Anfang hatte ich total viele Probleme mich einzugewöhnen und so. Irgendwann habe ich dann einfach aufgehört zu essen.«

»Krass.«

»Wieso?«

Ich kicke einen Stock auf dem Waldboden nach vorne. »Na ja, ich meine für deine Familie. Da gibt sie ihr Kind ein Jahr ins Ausland und es kommt wieder und sieht … ist halb verhungert!« Sie nickt.

»Ich hatte bei meiner Mutter angedeutet, dass ich Probleme mit dem Essen habe. Aber als ich am Flughafen durch die Tür kam, sah sie mich an und fing an zu weinen.«

»Verständlich!«

Sie tritt den Stock ebenfalls weiter. »Klar, irgendwie schon. Ich habe ihr gesagt, dass ich zu Hause sofort wieder essen würde.«

»Was du natürlich nicht getan hast.«

»Nö. Wir hatten dann echt viel Stress. Aber alles war besser als Lettland. Was glaubst du, wie ich gefroren habe! Meine Gastfamilie hat das nicht wirklich mitbekommen und mich auf Wanderungen und zum Zelten mitgenommen, die Nacht bei beinahe minus zwanzig Grad. Einmal bin ich auf so einer Wanderung fast zusammengebrochen. Aber das Frieren war wirklich das Schlimmste.«

Ich nicke zustimmend. »Das ist so ätzend. Ich habe sogar im Sommer gefroren. Ich habe immer und überall gefroren. Letztes Silvester waren wir kurz draußen, um Raketen zu zünden. Als wir wieder reinkamen, waren meine Finger blau – das ist ja irgendwie normal. Aber es waren nicht nur meine Finger, sondern meine ganzen Hände. Sie waren blau-lila und meine Finger waren seltsam angeschwollen. Ich habe sie nicht gespürt, nicht mal, als meine Mutter reingekniffen hat. Wir haben sie dann ganz schnell unter kaltes Wasser gehalten, heißes hätte ich nicht ausgehalten, das kalte kam mir schon heiß genug vor.«

»Es ist seltsam, dass unsere Welt so verdreht ist. Drau-ßen versteht und kennt sie keiner. Und hier, egal was man erzählt, die anderen wissen immer, worum es geht.« Sie bleibt stehen und streichelt die Nase eines kleinen Rehs, das sich mutig an den Zaun gewagt hat.

»Ja, das ist wirklich so! Ich finde es einfach unglaublich, wie viele hier plötzlich wissen, was abgeht.« Wir setzen uns wieder in Bewegung, laufen einen kleinen Hang hi-nauf. Eine Zeit lang schweigen wir.

»Ich habe erst eine Stunde Ausgang, das weißt du, oder?«, frage ich sie nach einem prüfenden Blick auf die Uhr. »Keine Angst, ich bringe dich schon rechtzeitig zu-rück.« Sie knufft mir liebevoll in die Seite und wir lachen beide. »Von mir aus nicht. Ich könnte ewig so laufen.«

»Aber in der Klinik gefällt es dir schon?«

Ich zucke mit den Schultern. »Klar, ist o.k. Soweit es einem in so einer Klinik eben gefallen kann. Ich habe mir mal eine andere angesehen, eine Psychiatrie, die war schrecklich. Der Arzt, der sie leitet, ist auch so ein selt-samer Vogel. Doktor Reif hieß er, glaube ich. Und die wollten, dass ich jede Woche fünfhundert Gramm zuneh-me. Bei jeden fünfhundert Gramm dürfte ich mehr: Bei den ersten meiner Familie Briefe schreiben, dann anru-fen, dann eine viertel Stunde raus, eine Freundin anrufen und so weiter. Dummes Konzept!«

»Hey, die Klinik habe ich mir auch angesehen!«, ruft sie aus. »Meine Eltern haben gesagt, eher fesseln sie mich selbst ans Bett und zwängen mir Essen rein, als mich in diese Klinik zu stecken.«

»Kann ich verstehen! Aber wie gut, dass es eine Spezialklinik für Essstörungen war …«

»Klar, wie gut, dass die Menschen dort wirklich Ahnung haben!« Sie blickt nun ebenfalls auf ihre Uhr. »Wir müssen uns langsam auf den Rückweg machen«, stellt sie fest. Ich nicke. »Gut, dass du schon eine Stunde Ausgang hast, viele haben am Anfang nur eine halbe.«

»Mmh, kann aber sein, dass ich bald auch nur noch eine halbe krieg. Ich soll zunehmen.«

Sie nickt. »Ist hart, oder?«

»Ja.« Ich spüre, wie meine Schritte schwerer werden, weil plötzlich wieder all die Last auf meinen Schultern liegt. »Man erarbeitet sich das wochenlang, man isst nicht und hat das Gefühl, total viel erreicht zu haben. Und hier ist es nichts wert und soll wieder zunichte gemacht werden.«

»Hey, Sofia! Das ist lebensgefährlich! Es ist nicht nichts wert, es ist bloß schlimm.«

Ich nicke. »Jaja, ich weiß! Ich mein ja nur, es ist echt frustrierend. Und dann diese Zehnergrenzen. Früher war es so toll, wenn sich die erste Zahl geändert hat. Darauf war ich so stolz. Umso härter ist es, wenn die wieder größer wird.«

Wir biegen um die Ecke und das Klinikgebäude erhebt sich vor uns. Einladend, nicht mehr beängstigend, finde ich.

»Zehnergrenze? Oh Gott, Sofialein. Ich kann mir jetzt ja denken, was für eine Grenze du meinst bei deiner Größe und … Wow. Überleg mal, so viel wiegt ein kleines Kind in der Grundschule! Das ist echt schockierend.«

»Ich weiß. Ich werde auch was dran ändern, denke ich. Hoffe ich.«

»Das hoffe ich auch!« Sie legt ihren Arm um mich, während wir die Treppen hinauflaufen. Meine Finger sind kalt und steif und ich spüre das Kribbeln, als wir in die Wärme zurückkommen. Es fühlt sich schön an.

Freitag

Kalte Knochen

Heute haben wir Sozialpädagogische Gruppe. Da wir hier Gruppeninternes besprechen, beschließe ich, die Angst vor der Neuen anzusprechen. »Ich habe Angst, ich glaube, ich bin dafür nicht bereit, ich will eigentlich keine Neue auf dem Zimmer haben!« Allgemeines Herumdrucksen.

Niemand will eine Neue haben. Die Neuen sind dürr und stehen den ganzen Tag im Zimmer, sind depressiv und ziehen einen runter. Sie brechen in die bestehende Gruppe ein, in der man gerade seinen Platz gefunden hat und ändern die gesamte Struktur. Vielleicht sind sie lustiger als du. Oder trauriger. Oder dünner. Alle Menschen sind irgendwie mehr, irgendwie besser. Wenn du in der Schule sitzt, weißt du, dass es eine Sache gibt, die du am besten kannst: nicht essen. Du wünschst dir, die Dünnste zu sein, weißt aber, dass du es nicht bist. Du hast Angst, jemand könnte dünner sein als du, weniger essen als du. Denn wenn du von dir glaubst, in allem schlecht zu sein, bist du froh über jeden Grashalm, an den du dich klammerst, jede Kleinigkeit, die du doch besser kannst. Hier sind sie alle dünn. Hier essen sie alle nicht. Und die Neuen, das sind die Schlimmsten. Aber so ist das, es ist ein Kommen und Gehen. Es gibt monatelange Wartezeiten für diese Klinik. Sie wollen alle hier sein. »Du schaffst das schon«, sagen die anderen Mädchen aufmunternd, aber sie sagen es nur, weil sie selbst auf keinen Fall mit mir tauschen wollen, und alle halbherzigen Versuche der Sozialtherapeutin, mich zu entlasten, schlagen gegen kalte Knochen und zerbrechen.

Zurück auf meinem Zimmer versuche ich, meine Gedanken zu sortieren. Da kommt Mareike rein. »Süße, ich weiß, es ist nicht einfach mit einer Neuen«, fällt sie direkt über mich her. Ihre Stimme klingt ein wenig hektisch, fast schon schuldbewusst. »Aber versuch es, und wenn es nicht klappt, dann kannst du mit mir reden. Ich frage auch sofort nach, wie es läuft und wir regeln das schon. Wenn es dich wirklich runterzieht, dann tauschen wir die Zimmer irgendwie noch, versprochen!«

»Klar«, murmele ich. »Ich habe trotzdem Angst.«

Sie schüttelt den Kopf. »Brauchst du doch nicht. Sieh mal, wenn es gar nicht geht, dann könnte ich zu Violetta und Veronika geht zu Clara und Clara könnte …« Ich höre ihr nicht mehr zu, wie sie mir von ihrem ausgeklügelten Plan erzählt, die gesamte Jugendstation umzukrempeln.

»Ich trau mich doch gar nicht, was zu sagen«, wispere ich. Sie legt den Kopf schräg. »Du hast doch gerade auch etwas gesagt!« Ich nicke. »Und bin auf Ablehnung gestoßen.« Einen Moment herrscht unangenehme Stille zwischen uns. »Außerdem«, füge ich hinzu, »kann ich ja nicht einfach nach zwei Tagen fliehen, wenn eine Neue da ist. Ich meine, wie fühlt sie sich dann?«

»Hey, denk nicht so viel an die anderen. Du willst gesund werden!« Dabei betont sie das *Du* so, als müssten mir alle anderen egal werden, so, als könnte ich meinen Weg nur gehen, wenn ich nur noch an mich denke. Mareike legt ihre Hände auf meine Schultern und sieht mich eindringlich an. »Pass auf: Wenn die Neue da ist, komme ich sofort zu dir. Dann frage ich dich, wie es ist. Und du bist ehrlich. Nur zu mir, okay? Und wenn es nicht geht, sage ich, dass ich das Zimmer wechseln und zu dir ziehen will. Dann fühlt sich die Neue nicht schlecht und du musst nichts sagen.«

Ich atme tief ein. »Danke«, sage ich und fühle mich schon etwas besser. Mareike nimmt mich in ihre Arme und alles erscheint ein bisschen leichter, wärmer.

Später kommt Lena herein und fragt, ob wir wieder rausgehen. »Klar«, sage ich. »Ich bin in zehn Minuten bei dir im Zimmer, okay?« Also mummele ich mich in einen dicken Schal ein, ziehe viele Pullis und Jacken übereinander, schlüpfe in meine Stiefel. Dann klopfe ich an ihre Tür. Wir sehen auf die Uhr und tragen uns fünfzehn Minuten später in das Ausgangsbuch ein.

»Wohin gehen wir, wieder in den Wald?«, will Lena wissen. »Ich würde ja gerne einkaufen gehen«, erkläre ich. »Hier gibt's doch einen Aldi, oder?«

»Klar, ist ein Stück weiter weg, so zwanzig Minuten, wenn wir schnell gehen, das müssten wir schaffen. Was brauchst du denn?« Wir gehen die Treppen hinunter und verlassen die Klinik.

»Cola Zero«, erkläre ich.

»Sofia!«

Ich grinse. »Sorry, Lara wollte aber auch eine Flasche. Ich meine, sie geht ja eh am Dienstag und sie darf sich noch zwei Verweise einhandeln. Wenn sie jetzt fliegen würde, wäre es sowieso egal, deshalb hat sie versprochen, auch meine Cola auf ihre Kappe zu nehmen, falls wir erwischt werden. Ich versteh echt nicht, warum wir keine Cola Zero trinken dürfen. Säfte und so sind aber okay, oder wie? Richtig unlogisch.« Wir biegen ein paar Mal ab und sind plötzlich irgendwo, wo ich noch nie war.

»Na ja, Säfte musst du auch absprechen. Die wollen uns eben von dem ganzen Süßstoffkonsum wegbekommen. Ist ja auch nicht so gesund.« Lena lebt gesund, sie liebt Vollkorn und viel Obst und Gemüse, sie mag ausgewogene Ernährung und Sport. Wäre sie nicht magersüchtig, hätte sie wirklich einen guten Ernährungsstil, schätze ich. »Ich glaube, ich bin süchtig danach. Ich kann gar nicht ohne Cola Zero. Ich habe früher so viel davon getrunken – ich weiß noch, wie mein Vater mir im Urlaub zwei Liter gekauft hat. Ich habe sowieso viel zu wenig getrunken, an guten Tagen vielleicht einen halben Liter, und dann waren wir eben da im Urlaub, es war knallheiß, den ganzen Tag am Strand und in der Sonne, und ich habe mich auf der Rückfahrt immer noch geweigert, zu trinken. Da hat er an einer Tankstelle angehalten und mir zwei Liter Cola gekauft. Davon habe ich wenigstens ein bisschen getrunken. Wegen dem süßen Geschmack, den ich sonst nirgends hatte.« Sie schüttelt ungläubig den Kopf. »Wie kann man dieses süße Zeug nur mögen? Aber ich denke, genau das wollen sie verhindern. Dass du dir den süßen Geschmack über so was wie Süßstoff holst, nur um den Hunger zu unterdrücken. Deshalb ja auch keine Kaugummis.«

»Kaugummis«, seufze ich, »fang nicht davon an!«

»Gott, du bist wirklich schlimm! Hier müssen wir rechts.« »Ich hab bis zu zehn Kaugummis am Tag gekaut. Ich vermisse es so schrecklich.«

»Aldi hat auch Kaugummis.«

»Nee, ich will das hier ja jetzt schon ernsthaft durchziehen. Wird schon richtig sein, dass ich mal eine Zeit lang drauf verzichte.« Sie nickt zustimmend. Also kaufe ich bei Aldi nur Cola Zero, eine Flasche für Lara, eine für mich und eine kleine Dose für auf dem Weg. Ich öffne die Dose, sobald wir aus dem Laden sind, schließe theatralisch die Augen, lege den Kopf in den Nacken und trinke einen großen Schluck.

»Aaaah«, mache ich und fahre mit der Zunge über die Lippen. »Schnitt! Die Werbung ist im Kasten! Coca-Cola wird begeistert sein!« Lena lacht, hakt sich bei mir unter und zieht mich weiter. »Komm, die Stunde ist fast um. Und du willst doch sicher keinen Verweis fürs Zuspätkommen? Wenn du deine drei doch für Cola brauchst!«

»Wo du recht hast, hast du recht! Ich komm ja schon!« Wie gut, dass wir eingetragen hatten, eine viertel Stunde später rausgegangen zu sein. Als wir wiederkommen, tragen wir ein, eine viertel Stunde früher schon dagewesen zu sein und gewinnen so eine halbe Stunde, die wir noch raus dürfen und direkt nach dem Abendessen für einen weiteren Spaziergang nutzen.

Ich telefoniere noch kurz mit meiner Mutter, eigentlich will ich nur meine Zeugnisnoten wissen.

»Sofia, du hast die letzten drei Monate komplett gefehlt«, fängt sie an. »Und davor warst du mindestens zwei bis drei Monate immer nur halbtags in der Schule. Und die Zeit davor warst du auch mit den Gedanken woanders …«

»Mama, bitte, sag mir einfach meine Noten!« Sie liest sie mir vor. Ich schnappe mir den Taschenrechner, den ich eigentlich nur mitgenommen habe, um meinen BMI auszurechnen, und rechne damit den Durchschnitt aus. Zweikommanull.

»Okaay«, sage ich. »Mach dir nicht so einen Druck, du kannst stolz darauf sein.«

»Mmh.« Ich ärgere mich trotzdem. Nach der Zwischenmahlzeit am Abend gehe ich mit Lena in den Tonraum und wir töpfern den ganzen Abend, reden, lachen, schweigen. Es ist schön. Ich bin angekommen. Nach zwei Wochen fühle ich mich endlich angenommen. Liebe Neue, mach mir das nicht kaputt. Bitte.

Montag

Feuertränen

Das Wochenende war in Ordnung, aber anstrengend. Seltsamerweise brauche ich den Besuch von meiner Familie gar nicht so sehr, wie ich dachte. Samstag und Sonntag waren meine Brüder, Papa und seine Freundin da.

Ich umarmte meinen Zwillingsbruder Vincent, und wendete mich ab, bevor sein besorgter Blick mich treffen konnte. Unsere Umarmung wirkte ungelenk. Er war vorsichtig. Ich war vorsichtig. Wir ließen Raum zwischen uns. Weil da so viel ist. Zwischen uns. Vielleicht können wir uns nie wieder nah sein. Vielleicht werden wir aber auch für immer verbunden sein.

Da war ein Streit, den wir einmal hatten. Ich erinnere mich, wie ich am Tisch saß, vielleicht achtundvierzig Kilo leicht, schon seit zwanzig Kilo abnehmsüchtig. Und wie er mit mir diskutierte und laut wurde. Ich erinnere mich noch klar an die Worte meines Vaters: »Lass Sofia jetzt in Ruhe, es reicht!«

Ich erinnere mich noch an die großen Füße meines Bruders, die die Treppe hinaufstürmten. Und an seine Stimme, als er schrie: »Alles dreht sich immer nur um sie!« Er klang wie ein Kind. Trotzig, wütend und sehr, sehr verletzt. Und er hatte recht, verletzt zu sein. Er hatte recht, alles drehte sich um mich. Ich saß da, als schwarzer, zerbrochener Haufen inmitten einer Familie, die sich um mich drehte, für mich lebte. Er hatte mitzudrehen. Es blieb ihm nichts anderes übrig. Denn wenn ein Kind in der Familie verhungert, müssen alle sich zusammenpressen, damit es durch keine Lücke verschwinden kann. Sie müssen es festhalten und nicht verurteilen. Sie müssen ihm all die Liebe geben, die es sich selbst nicht geben kann.

Bevor ich in die Klinik ging, entschuldigte ich mich bei ihm. Ich schrieb ihm einen Brief, dass es mir bewusst sei, ihm seinen Anteil an Aufmerksamkeit, Beachtung und Sorge genommen zu haben. Ich schrieb, dass mir all das schrecklich leid tut und versprach, dass es anders werden würde. Dass er alles bekommen sollte. Dass ich ihn liebe.

Ich weiß, dass er weinte, als er die Zeilen las. Ich weiß,

dass er es bereute, diesen Satz auf der Treppe gesagt zu haben. Aber er hatte recht. Vincent war der Einzige, der recht hatte. Der bis zum Schluss ehrlich blieb. Er hatte Fragen, so viele Fragen. Aber er durfte sie nie stellen. Denn alle anderen sagten ihm, dass er davon nichts verstehe. Dass alles wäre für ihn zu komplex, zu schwierig. Er müsse aufpassen, was er sage. Dabei verstand Vincent. Viel mehr als viele andere. Anfangs dachte ich, er würde sich bloß keine Sorgen machen. Aber er sorgte sich, auf seine Weise. Und vielleicht gab er mir oft genau das, was ich brauchte.

So erinnere ich mich noch gut an den einen Tag im Krankenhaus. Als er reinkam, stand ich am Fenster, starrte in den Regen. Und er erzählte: von Musik und seinem neuen Kurt-Cobain-Poster im Zimmer. Er beschrieb es mir. Ich versprach, es mir anzusehen, wenn ich nach Hause kam. Und dann reichte er mir einen Kopfhörer. Ich wollte keine Musik hören. Aber er bat mich. Nur das eine Lied. Komm schon. Also nahm ich den Kopfhörer. Und er spielte Nirvanas *Where did you sleep last night* ab. Wir hörten beide zu. Ich ging einen Schritt rückwärts. Das Kabel spannte sich und riss ihm den Stecker aus dem Ohr. Ihm, nicht mir. Und ich gab ihm seinen Stecker beschämt wieder und er lächelte, und Kurt sang, als wäre nichts passiert, er sang weiter, als wüsste er nicht, dass der Abstand zwischen uns beiden zu groß wurde, um ihn noch mit Musik zu überbrücken. Aber Vincent gab nicht auf. Er lehnte sich zu mir hinunter, denn er ist zwei Köpfe größer als ich, er beugte seine Knie, sodass wir auf einer ähnlichen Höhe waren und das Kabel zwischen uns ausreichte. So standen wir da.

My girl, my girl, don't lie to me, tell me where did you sleep last night?

Und es fühlte sich so an, als fragte er es mich. Und ich wollte antworten, ich wollte wirklich antworten. Aber ich wusste nicht wie. Ich wollte ihm so gerne Hinweise geben, damit er mich finden konnte, aber es ging nicht.

Ich hatte mich selbst längst verloren.

Er war nicht der Einzige, der nach mir gesucht hat. Da sind Jenna, meine Eltern, meine Patentante, Schulfreundinnen, eine Brieffreundin aus Österreich, sogar meine Deutschlehrerin schrieb mir mal einen Brief. »Von wem kriegst du nur all die Briefe?«, wurde ich manchmal gefragt, und wenn die Post kommt, fragen sie spaßeshalber: »Sind alle Briefe mal wieder für Sofia?«

Es ist ein seltsamer Spagat, von außen all die Hände, die nach mir greifen, die mich suchen, die Angst haben. Und ich hier drin, so gut aufgehoben, dass ich manchmal gar nicht unbedingt besucht werden muss, dass ich mich manchmal auch freue, ein Wochenende nur mit den Mädchen zu verbringen.

Das Therapiefrühstück hatte mir schon lange Angst gemacht. Ich bin immer noch oben in der Einzelessbetreuung, das bedeutet auch, dass ich portioniert bin. Portioniert heißt, ich bekomme die genaue Menge von dem, was ich essen muss. Das Therapiefrühstück ist unportioniert, wir müssen alle mitmachen. Unportioniert heißt dann zum Beispiel, man nimmt sich die Marmelade und die Aufstriche einfach aus dem großen Pott. Das Therapiefrühstück wird, anders als bei den normalen Frühstücken, von der Strengen begleitet. Wir treffen uns um viertel nach acht unten in dem großen Essensraum. Ich bin unsicher, weil es keinen Platz für mich gibt. Schließlich esse ich sonst immer noch in der Essbetreuung. Nirgendwo ist Platz für mich. Ich bleibe unsicher in der Tür stehen und spüre plötzlich den Wunsch, nicht zu existieren. Einfach hier und jetzt zu verschwinden, ganz still und ohne dass es jemanden stört. Aber niemand lässt mich verschwinden. Mareike erscheint hinter mir und zieht mich in den Raum. »Hier Sofia, setz dich einfach neben mich«, bietet sie mir an und ich lasse mich vorsichtig neben ihr nieder. Der Raum ist im ersten Stock der Klinik, die Fenster sind zum Garten ausgerichtet, hell und freundlich scheint das

Licht herein. An der Wand hängen Plakate, Essensregeln und die Liste für die Leute, die Tischdienst haben. Anstatt einer Tischdecke liegen in der Mitte ausgebreitete Servietten. Unter einer Tischdecke könnte man zu viel verstecken. »So, sind wir vollständig?«, fragt die Strenge. Der Tisch ist schon für uns gedeckt. »Gut, ein paar von euch haben schon einmal ein Therapiefrühstück mitgemacht, denke ich. Ich will ein bisschen etwas mit euch ausprobieren, ein paar Experimente machen.« Ich spüre, dass ich nervös werde, lasse mir aber nichts anmerken. »Beißt einen ganz kleinen Bissen ab und lasst ihn euch auf der Zunge zergehen«, fordert die Strenge im ersten Experiment. Das ist kein Problem, lang genug geübt. Ich zermalme das Brötchen in meinem Mund, bis es nur noch ganz breiig schmeckt und versuche, diesen kleinen Bissen mit meiner Zunge in fünf Teile zu teilen, die ich einzeln runterschlucke. »Nehmt jetzt einen großen Bissen und kaut ihn ganz langsam.« Das kann ich nicht, ich kann nicht in ein Brötchen hineinbeißen, aber ich tue mein Bestes. Der Bissen ist immer noch klein und vorsichtig, alles in mir sträubt sich gegen die große Menge in meinem Mund. Es ist fast so, als würde ich die Kontrolle verlieren, wenn ich nur damit anfange, große Bissen zu nehmen. Ich kann die Grammzahl nicht abschätzen. Ich muss loslassen, und vielleicht fühle ich mich dafür noch gar nicht bereit. »Traut euch ruhig!« Ich versuche es erneut und fühle mich dabei seltsam. Das passt doch gar nicht zu mir. Das kann ich doch gar nicht. »Als Nächstes schluckt ihr bitte einen Bissen beinahe ungekaut herunter. Und den Bissen danach kaut ihr dann, so lange es geht.« Ich weiß, worauf sie hinauswill. Sie will uns zeigen, dass unser Essverhalten, egal in welche Richtung, extrem ist. Sie will uns zu einer Mitte führen, will, dass wir sehen, wie viel leckerer es ist, wie gesünder es sich anfühlt, normal zu kauen. Aber ich spüre davon gerade nichts. Ich will nicht normal essen.

Am Nachmittag ist noch genügend Zeit und ich gehe mit Mareike spazieren.

Mareike strahlt immer, aber dahinter wirkt sie furchtbar verloren. Ihre dünnen Beine staksen, immerzu in viele Strumpfhosen und weite Stiefel gepackt, unsicher durch die Welt. Mareike weint schnell, wenn sie berührt ist, und sie wird eigentlich immer von allem berührt. Manchmal sagt sie, dass sie das an sich hasst, aber ich liebe es, es macht sie lebendig. Die einzige Sicherheit, die ihr in dieser unbeständigen Welt gegeben ist, ist die Sucht, und diese Sucht lebt sie, als hinge ihr Leben daran. Wenn sie nicht hungert, wäscht sie sich die Hände bis sie bluten, sie räumt auf und putzt und putzt und hasst Bakterien. Ich kann sie verstehen. Es ist ihr Pfahl, ihr beständiger Halt in einer Welt, die sie jeden Tag herumschleudert.

Am Abend sitzen wir am Lagerfeuer. Mir ist kalt, aber ich wärme meine Hände am Feuer. Und dann werde ich traurig, melancholisch, wie ich es immer werde, wenn ich abends am Lagerfeuer sitze. Ich kann da nichts gegen machen, schon als kleines Kind im Kindergarten war das so. Wir haben damals Stockbrot gemacht, ich war vier, vielleicht fünf Jahre alt, und als das Feuer brannte, stand ich abseits und starrte darauf, dachte über das Leben nach. Auch heute muss ich nachdenken und würde jetzt gerne schreiben. Aber ich sitze bloß da und versuche, mich auf das Hier und Jetzt zu konzentrieren, trotzdem ist es schwer, zu greifen, was dieses Hier und Jetzt überhaupt bedeutet. Ich fühle mich, als bestünde meine Geschichte aus Tausenden, aneinandergereihten Tönen, mit Mollakkorden unterlegt und immer schneller werdend, wo eigentlich eine halbe, vielleicht sogar eine ganze Pause liegen sollte.

Dienstag

Der Mensch, den ich hasse

Die Strenge will mich sprechen. Sie kommt in der Mittagspause und nimmt mich mit ins Betreuerzimmer. »Du hältst dich nicht an den Essvertrag.«

»Doch, jedes Mal.«

»Du hast heute (blablabla) gegessen, aber du hättest noch (blablabla) essen müssen.«

»Das wusste ich nicht, das stand so nicht im Vertrag.«

»Das wird daraus aber klar. Die Essbetreuerin hat mir das gerade gesagt. Du isst auch noch sehr symptomatisch.«

»Die Essbetreuerin hatte den Vertrag da. Warum hat sie mir nicht gesagt, dass ich noch was essen müsste? Hätte ich getan. Ich gebe mir doch Mühe!«

»So geht das nicht weiter. Ich glaub dir nicht.«

Schweigen. Dann fügt sie hinzu: »Ein neuer Essvertrag ist sowieso schon lange überfällig. Du hast immer noch nicht zugenommen. Ich würde vorschlagen, wir erhöhen bis auf Salat und Nachtisch.«

»Das kann ich nicht.«

»Du willst nur nicht.«

»Doch, aber ich kann das nicht, das ist mir zu viel, zu schnell.«

»Ich schreibe das jetzt einfach so auf.«

»Was bringt das? Ich esse es nicht.«

»Die Konsequenz ist dann Fortimel. Kannst du dir überlegen.«

Stift einpacken. Gehen. Ich bleibe stehen, mit einer wütenden Leere im Bauch und weiß nicht, wohin mit mir.

Fortimel. Dreihundert Kalorien auf dreihundert Milliliter. Ein dickflüssiges Getränk voll wertvoller Nährstoffe. Voller Fett. Man darf dann wählen. Erdbeeroderschokoodervanilleoderbanane. Als ob das was ändern würde. Als ob es das besser machen würde.

Später, in der Ernährungstherapie, kommen die Mädchen auf die geniale Idee, Pizza essen zu gehen. »Gibt es jemanden, der das nicht will?« Ich verkrampfe mich. Lena meldet sich selbstbewusst. Ich hebe meine Hand, ganz zaghaft.

»Warum?«, will die Strenge von uns beiden wissen. Lena sagt, sie wolle nichts Ungesundes essen. Sie hätte das früher nicht getan und würde das auch jetzt nicht tun, sie hasse Fast Food. Ich sage, dass ich noch nicht so weit bin. Das klingt gut. So, als würde ich irgendwann so weit sein.

»Irgendwann ist immer das erste Mal«, fordert die Strenge mich heraus. Ich schweige. »Das ist doch total schön, mit uns allen in eine richtige Pizzeria ...«, wirft Veronika ein. Clara nickt zustimmend. »Und wir essen ja alle, da müsste es dir doch auch leichter fallen!«, stimmt sie ein.

»Überwindung kostet es uns alle. Aber überleg mal, Sofia, wie stolz du später sein kannst ...«

Die Strenge beobachtet mich aufmerksam. Ich presse meine Zähne aufeinander, als hätte ich Angst, allein der Gedanke an die Pizza könne schon etwas in meinen Mund befördern. Mein Kiefer knirscht. Vielleicht bricht er gleich. Er könnte einfach zerbrechen und in tausend Stücke auf den Boden krachen. Dann müsste ich nicht essen. Ich müsste nie wieder essen. Aber mein Kiefer bleibt ganz. Ich fülle meine Lungen mit Luft, um mich zu wappnen. Und dann sage ich das erste Mal etwas Ernsthaftes in der Gruppe, etwas Wütendes, Authentisches: »Ihr könnt nicht verstehen, wie das ist. Ich war immer die Pummelige. Ich war immer die Dicke. Ich war schon immer so, seit dem Kindergarten. Ihr versteht es nicht, weil ihr normalgewichtig wart. Ihr habt auch nicht die Angst, nachher wieder übergewichtig zu werden, weil euer Körper das ja anscheinend ganz gut hinkriegt. Schön. Meiner nicht. Ich werde wieder fett, wenn ich esse. Und deshalb muss ich mein Leben lang aufpassen, ob ich Pizza esse oder nicht. Es sei denn, ich will wieder dick werden. Und darüber will ich mich nicht definieren. Pizza essen ist für mich dick sein. Es wäre für mich das Zurückgehen zu dem, was ich war. Ich will nicht essen, weil ich nicht mehr der Mensch sein will, den ich hasse.«

Ich muss nicht mitgehen.

Als ich zurück aufs Zimmer komme, sitzt die Neue auf dem Bett, die Beine angezogen, und starrt in die Luft.

Nadine sieht blass aus, als sie ankommt, blass und traurig. Ihre pechschwarzen Haare hat sie meist zu einem unordentlichen Pferdeschwanz gebunden, hoch oben an ihrem Hinterkopf, einzelne Strähnen ihres Ponys fallen müde in ihre Augen. Sie ist ungeschminkt, tief aus ihren Augenhöhlen blinzeln schwarze Augen hervor. Als hätte man all ihre Träume mit einer Nadel zerstochen und die Fetzen nicht weggeräumt. So muss jemand aussehen, der völlig fertig ist, denke ich, während ich ihre Jogginghose und den viel zu weiten Pullover betrachte. Nadine scheint völlig allein zu sein, und irgendwie spüre ich plötzlich das Bedürfnis, sie zu beschützen. So verloren wie sie auf mich wirkt, hat sie etwas von einem kleinen Mädchen, obwohl sie schon viel älter ist als ich.

Es ist, als könnte ich Nadine nie wirklich kennenlernen. Ich sehe nur ihre ungeschminkte Haut, ihren leeren Blick, die Anorexie, die sie eingenommen hat. Aber irgendwo hat sie sich noch versteckt, irgendwo ist sie noch sie, und manchmal, manchmal sieht man diesem kleinen Teil in ihr den Kampf an. Sie ist eine stille Kämpferin, die stur ihren Weg geht. Nadine leidet, aber sie leidet still. Man kann kaum für sie da sein, weil sie nicht einmal da zu sein scheint.

Mittwoch

The Reason

Ich sitze hier und denke über den gestrigen Abend nach. Das war ein seltsamer Moment:

Wir saßen oben auf der Couch und legten die Singstar-CD ein. Ein paar Leute haben gesungen, allgemeines Lachen, gute Stimmung.

»Sofia, sing auch mal was!«, rief Mareike.

»Ich kann nicht singen«, erklärte ich.

Veronika lachte mich an. »Ist doch egal, hast du mich

gerade gehört? Komm schon, trau dich!« Ich schüttelte entschieden den Kopf. »Niemals. Ihr kriegt mich zu allem, aber ich werde nicht singen! Das schafft ihr nicht!«

Zwei Minuten später hatte ich das Mikrofon in der Hand. Sie legten eine andere CD ein und wählten für mich den Song *The Reason* von Hoobastank. Ich erstarrte, aber das bemerkte niemand. Das Lied fing an. Vorsichtig suchte ich den Ton. »Geht doch voll, so schlimm ist das gar nicht, wie du singst!«, stellte Mareike fest. »Du musst dich nur mehr trauen, Sofialein!« Meine Augen füllten sich mit Tränen, während ich sang, und ich brauchte den Text nicht zu lesen. In meinem Kopf liefen andere Filme. Vincent. Sein Kumpel. Jenna. Ich. Diese CD, dieses Lied. Wir spielten es zu Hause. Ich dachte an Salzstangen, mit denen wir uns bewarfen, an unsere selbst gemachte Tomatensoße. Ich dachte daran, wie Jenna mich schminkte und wir die Jungs anmalten, ich dachte an die Rekorde, die wir aufstellten. Wie wir versuchten, uns immer weiter zu überbieten. Und plötzlich kam der Gedanke: Was machst du hier? Sitzt du gerade in einer Klinik für Essgestörte, zwischen all den dürren Mädchen, dreihundert Kilometer von deinem Zuhause entfernt? Während die anderen in die Schule gehen? Sie hocken vielleicht gerade alle zusammen, machen Tomatensoße und spielen Singstar. Vielleicht singen sie gerade auch *The Reason*. Für

Jenna ist heute ein Tag wie für jeden anderen auch. Wie kann das sein? Das bin ich nicht. Das will ich nicht sein. Die Mädchen sind nett. Aber ich will dieses verdammte Lied mit Jenna singen. Und mit niemand anderem.

Ich will nach Hause. Schnell. Jetzt. Ich will rennen, rennen, mir keine Zeit mehr lassen. Ich will mir keinen Platz mehr lassen, um zu fallen. Nach Hause und dieses Kapitel aus meinem Leben streichen, als hätte es das nie gegeben. Ein kleiner Fehltritt. Eine Unwichtigkeit. Ich habe mal eine Zeit lang nicht genug gegessen. Wer kennt das nicht? Ich bin doch nicht magersüchtig. Ich bin nicht total abgedreht, krank und verrückt. Wie schreibt man diese Zeit hier eigentlich in seinen Lebenslauf?

Während ich in Gedanken noch diesem Abend nachhänge, entdecke ich den Brief von Jenna, den ich heute Mittag ungeöffnet auf meinen Schreibtisch geworfen hatte. Ich atme einmal tief durch und öffne ihn mit zitternden Fingern:

Hallöle meine Liebe!
Naaa, wie geht's dir? Ich sag dir, hier passiert einfach so viel! Ich muss dir echt was erzählen, aber das lieber am Telefon. Ich schreib doch schon in der Schule genug, haha! Ich schwör dir, ich schreibe sonst nie Briefe. Wusste auch gar nicht, wie ich das abschicke, so mit Adresse und so was. Wie war eigentlich dein

Zeugnis so? Meins war richtig bescheuert, aber ist ja auch egal jetzt, ist nur Halbjahr. Keine Ahnung, ohne dich kann ich gar nicht wirklich lernen, niemand, der mir das alles erklären kann, weißte? Gott, die anderen Mädchen nerven mich voll. Man merkt einfach, dass du fehlst und sie hängen sich irgendwie alle an mich, so fühlt es sich zumindest an. Wir fragen uns alle, was du so machst und die Klasse wollte dir vielleicht mal einen Brief schreiben, so zusammen. Du hattest mir die Adresse gar nicht gegeben! Aber ich hab deine Mutter angerufen und nachgefragt. Sag mal, wie ist das eigentlich mit Besuch? Ich hab sie gefragt und sie meinte, du willst nicht so gerne, ist das echt so? Ich würd nämlich voll gern mal am Wochenende zu dir kommen und dann machen wir die Bude da unsicher! Auf jeden Fall müssen wir was machen, wenn du wiederkommst. Zum Beispiel endlich mal wieder donnerstags shoppen und zu Starbucks. Und im Sommer gehen wir wieder zum See, o. k.? Ach ja, und einen Singstarabend müssen wir unbedingt auch machen. Schreib du uns doch eine To-do-Liste oder so was! Weißt du schon ungefähr, wann du wiederkommst?

Meld dich einfach mal abends bei mir, du Frosch ...

Ich hab dich lieb,
Jenna

PS: Im Brief ist ein kleines Geschenk mit drin :).

Ich atme tief durch. All das, was sie geschrieben hat, geht mir seit gestern Abend unaufhörlich durch den Kopf. Auch sie vermisst mich. Wir möchten beide wieder so sein, wie wir waren.

Neugierig blinzele ich in den Briefumschlag hinein. Und sehe etwas orange leuchten – ein Kaugummi. *Für meine Maus* hat sie mit Fineliner auf das Papier geschrieben. Lächelnd ziehe ich es heraus und verstecke es hinten in meinem Schrank.

Donnerstag

Lebensbus

Ich klopfe an die Bürotür der Strengen. »Herein.« Die Tür dämpft ihre Stimme und nimmt ihr ein wenig die Härte. Langsam trete ich ein. Einen Moment bin ich unter ihrem strengen Blick wieder das kleine, schwache Mädchen von Dienstag. Das Mädchen, das Angst hatte, den Vertrag zu erhöhen, Angst hatte, zu essen. Sie sieht mich an und scheint etwas sagen zu wollen. Vielleicht etwas wie: »Vergiss es einfach, wir lassen den Vertrag wie er ist« oder irgend so etwas. Aber sie sagt nichts. Ich straffe meinen Rücken, richte mich auf und sehe sie selbstbewusst an. Noch im Hinsetzen sage ich: »Ich will meinen Essvertrag erhöhen lassen. Auf ganze Portionen. Und dann möchte ich nach unten, mit der Gruppe essen. Und am Montag komme ich mit, Pizza essen.« Einen Moment glaube ich, ihre harten Gesichtszüge entgleisen zu sehen.

Aber sie fängt sich sofort wieder und lässt das Ganze mit einer scheinbaren Gleichgültigkeit abprallen. Sie ändert ein paar Fakten im Vertrag, trägt mich zum Pizzaessen ein und nickt. »Eins musst du mir aber doch sagen: Woher kommt plötzlich deine Sinneswandlung?«, fragt sie. Ich würde ihr gerne von dem Lied erzählen, aber irgendwie ist es meins, es gehört mir und Jenna, und der besondere Moment gehört mir ganz allein, also lächele ich bloß und sage: »Ich denke, ich würde gerne leben.«

Und dann gehe ich runter zur Gestaltungstherapie. Am Anfang jeder Therapie müssen wir immer kurz unser jetziges Befinden beschreiben oder zeichnen. Manchmal gehen wir dafür zu dem Schrank, in dem Figuren stehen. Eine bunte Mischung, gesammelt aus Schleichtieren, den Plastiktieren aus Überraschungseiern, kleinen Werbegeschenken oder Souvenirs, Spielzeugautos und Muscheln,

Kuscheltieren und undefinierbaren Fantasiegestalten. Dann nehmen wir etwas heraus und beschreiben, warum wir uns so fühlen wie diese Figur. Heute sollen wir auf kleine Blätter zeichnen, was in uns vorgeht. Ich male eine Bushaltestelle und einen Bus, der vorbeirauscht. »Das ist das Leben«, erkläre ich, auf den Bus deutend. »Ich stand immer an der Bushaltestelle und jetzt will ich endlich einsteigen, ich springe in den verdammten Bus und rase Richtung Leben!«

Und auch das Gesicht der Gestaltungstherapeutin scheint einen Moment verformt, ihre Augen weit aufgerissen, der Mund leicht geöffnet, so starrt sie mich an, nur eine Millisekunde, unsichtbar für all jene, die die Magie dieses Momentes, die Kraft dieser wenigen Worte nicht heraushören können.

Nachdem die anderen Mädchen erzählt haben, holen wir unsere Lebensbücher hervor, um daran weiterzuarbeiten. Und dann fällt es mir plötzlich nicht mehr so schwer. Ich nehme den roten Pinsel und tauche mein gesamtes Lebensbuch in diese Farbe. Es sieht aggressiv aus, finde ich. Also nehme ich weißen Filz und zerreiße ihn. Einfach so. Jeder Schnipsel soll genau so sein, wie ich ihn gerissen habe. Echt und lebendig. Und dann beklebe ich das Buch damit. Hier und da und dort nicht. Ich schreibe in meiner krakeligen Schrift *Lebensbuch* darüber und fange endlich an, es zu füllen. Tapetenwechsel ist ein schönes Thema. Ich tupfe eine lila-weiße Tapete, weil ich es schön finde. Einfach so. Weil das Leben schön ist.

Freitag

Der Himmel ist nur durch die Mauern begrenzt

Violetta, meine Mutmacherin. Die Einzige, die sich am Anfang um mich gekümmert hat, die mir die Klinik zeigte, mir Mut machte. Die mich anlächelte, als ich meinen halben Apfel schaffte und mich ermutigte, weiterzumachen. Ich weiß nicht, woran sie festhält, aber sie ist so dünn und sieht es nicht. Ihre widerspenstigen Haare würden in alle Richtungen abstehen, hätte sie sie nicht immer zu einem strengen Zopf nach hinten gebunden, als wolle sie jedes einzelne Haar unter ihre Kontrolle bringen. Wenn sie lächelt, weinen ihre Augen immer noch. Sie ist eigentlich immer traurig, und ich weiß gar nicht so wirklich, worüber. Ich weiß auch nicht, was sie will und wohin sie gerne gehen würde, denn als sie geht, habe ich Angst, dass sie es nicht schaffen wird. Vio hält sich immer für schlechter als der Rest, sie scheint so voller Selbstzweifel, wie ich es noch nie bei einem Menschen gesehen habe. Eigentlich würde sie perfekt in das Bild einer perfekten Frau, wie sie mich von Werbeplakaten anlächelt, passen, wenn in ihren Augen nicht diese Zweifel lägen. Dieses *Ich bin nie genug und immer zu viel* und die Frage, die in uns allen brennt, dieses *Reiche ich dir aus?*

Heute Abend, nach dem Abendessen und der Zwischenmahlzeit, gehen wir hinunter. Wir haben beide den fünfzehner BMI erreicht, das heißt, wir dürfen eine Viertelstunde die Badmintonschläger haben, und das nutzen wir, spielen unten in der Turnhalle. Die ist leider so niedrig, dass das Spielen dort kaum möglich ist. Immer wieder prallt der Ball gegen die Decke, fällt zu Boden.

»Spielst du zu Hause auch Federball?«, fragt sie und spielt mir den Ball zu.

»Manchmal, mit meinen Brüdern.« Ich schlage einen schnellen, flachen Ball zurück. Vio wirft sich hin, bekommt ihn aber nicht mehr. Lachend steht sie auf.

»Die haben dich aber gut unterrichtet!« Der nächste Punkt geht an sie. »Was ist mit dir? Spielst du Federball oder machst du einen anderen Sport?« Sie schlägt meinen Ball gegen die Decke.

»Mmh, eigentlich ist Reiten mein Sport.«

»Wirklich?«, frage ich erstaunt.

»Ich hatte so eine schöne Reitbeteiligung …«, schwärmt sie. »Weißt du, die Besitzerin hat mich einfach immer kommen lassen, wann ich wollte. Ich konnte jederzeit reiten gehen, es war, als gehörte das Pony mir. Irgendwann hat mein Arzt es verboten. Habe es aber kräftemäßig auch nicht mehr geschafft.«

»Und jetzt hast du sie aufgegeben.« Es ist mehr eine Feststellung. Vielleicht, weil es mir so ging.

»Die Besitzerin hat mir gesagt, nach der Klinik, wenn ich zugenommen habe, darf ich wiederkommen«, stellt sie richtig. »Das klingt doch toll!«, freue ich mich für sie und versuche, den Neid in meiner Stimme gekonnt zu überdecken. Wir reden über Lebensträume und unsere sehnsüchtigen Hände greifen ins Leere, der Ball schlägt gegen die zu niedrige Decke und doch kein Loch hinein. Wir bringen die Schläger zurück, als die Viertelstunde vorbei ist, wollen aber noch nicht nach oben. Also zurück in die Turnhalle. Wir bauen Türme aus Matratzen, klettern hinauf und stürzen uns runter. Es ist wundervoll, wir lachen, wir reden, lernen uns näher kennen. Wir sind plötzlich beide wieder Kinder, sie mit ihren siebzehn Jahren, ich mit meinen vierzehn, plötzlich sind wir beide acht. Wir wollen unsere Matratzentürme in den Himmel bauen und haben für die in sich zusammenfallenden Träume nicht mehr als ein Lachen übrig. Wir klettern, um zu fallen, und was jeder reife Kopf für sinnlos hält, gibt uns gerade Halt.

Montag

Die Person, die ich hasse, zu lieben

Wir sitzen an einem langen Tisch, der für uns reserviert ist. Die Kellnerin fragt uns, was wir trinken wollen. Wir sehen die Strenge fragend an, aber wir dürfen keine Cola Light trinken, also bestellen wir Wasser. Und dann die Pizzen. Ich bestelle eine Margeritha, weil ich ja Vegetarierin bin … Eigentlich mehr, weil ich vermute, dass sie noch die wenigsten Kalorien hat. Margeritha ist viel vertreten. Wir haben alle Angst. Nach und nach stellt die Kellnerin uns die Pizza vor die Nase.

»Bevor ihr anfangt zu essen, würde ich gerne einmal von jedem hören, wie ihr euch gerade fühlt«, erklärt die Ernährungstherapeutin. Uns ist das allen ein bisschen peinlich, es ist, als gehen wir in die Öffentlichkeit und tragen ein »Ich bin essgestört«-Schild mit uns herum. Niemand von uns sieht, dass unsere Körper schon als blinkendes Schild ausreichen. Jeder nuschelt etwas vor sich hin, wir fühlen uns alle gut, wir haben alle riesigen Hunger, wir haben uns alle so auf die Pizza gefreut. Die Strenge nickt uns zu. Dann haben wir unsere Teller vor uns. Ich frage mich, wieso ich mitgekommen bin und freue mich gleichzeitig darauf, zu essen. Langsam schiebe ich mir den ersten Bissen in den Mund und kaue vorsichtig. Meine Lippen registrieren Fett, viel Fett, mein Mund schmeckt Kohlenhydrate und meine Vergangenheit. Aber ich schmecke auch ein wenig Lebendigkeit, die Erinnerung an Pizzaabende im Pyjama mit Freunden, Pizzaabende, an denen ich lebendig war. Es ist wirklich lecker. Ich sehe Veronika, die wie selbstverständlich große Bissen isst. Ich bewundere den Weg, den sie hier gegangen ist. Zusammen mit der schönen Clara, die ihre Locken heute offen über ihre Schultern fließen lässt, spaßt sie und scheint nicht mehr mitzubekommen, dass sie gerade eine Pizza isst. Violetta schneidet kleine Stückchen, hält sich fest daran. Über ihre Stirn zieht sich eine tiefe Falte, in ihren Augen brennt der Widerstand. Ich möchte nicht wissen, wie sie in ihrem Kopf gerade angeschrien wird, während sie verbissen ein Stück nach dem anderen in einen Mund schiebt, der immer kurz davor scheint, die Lippen fest aufeinander zu pressen und nicht mehr mitzuspielen. Aber keiner gibt auf. Ich habe fast schon das Gefühl, hier entsteht eine Art Wettkampf. Wer is(s)t am besten. Am gesündesten. Fettiger Käse zieht Schlieren in meinem Mund. Ich weiß nicht, ob es mir schmeckt oder nicht. Und eigentlich funktioniere ich nur noch wie eine Maschine, die automatisch Bissen für Bissen in den Schlund steckt. Das Einzige, was der Maschine noch bleibt, ist der Programmierfehler, diese Stücke der Pizza, die immer ein bisschen zu klein geschnitten sind, immer ein bisschen zu lange gekaut werden. Wenn ich essen muss, ist das Einzige, was mich noch vom Rest der Welt unterscheidet, die Art, wie ich esse. Ich hatte mit der Strengen ausgemacht, dass ich dreiviertel der Pizza essen muss. Aber ich wäre damit die Schwächste, denn die anderen essen alle schon nicht mehr in der Essbetreuung, sondern im Gemeinschaftsraum mit der ganzen Gruppe. Wenn man mit der Gruppe isst, muss man die ganze Portion essen, deshalb essen sie hier die ganze Pizza. Und ich will nicht die sein, die reduziert. Also esse ich. Und es schmeckt mir. Und ich esse. Und esse. Und esse. Ich bin stolz, so stolz auf mich, als wir zurücklaufen. Ich habe noch nicht einmal dieses Völlegefühl, obwohl es mir ein Rätsel ist, wie die ganze Pizza in meinen Magen passte.

Zurück in der Klinik geht es mir immer noch gut.

Am Nachmittag gibt es als Zwischenmahlzeit eine meiner Lieblingssüßigkeiten: der neue Pick-Up Black and White. Es geht mir immer noch gut.

Und dann erschlägt es mich, das Völlegefühl. Das schlechte Gewissen. Dieses Gefühl, die Grenze überschritten zu haben, wieder die Dicke zu werden, all das, was mir in den letzten Monaten Halt und Stütze war, zu verlieren. Die anderen Mädchen lachen und albern herum und können es so gut, ich weiß nicht, wieso ich es nicht schaffe, glücklich zu sein. Aber wenigstens möchte ich so tun, als wäre ich es. Also rette ich mich auf mein Zimmer, bevor es jemand mitbekommt, lege mich aufs Bett und fange an zu weinen. Ich krümme mich zusammen, damit diese schrecklichen Bauchschmerzen aufhören, damit dieser schreckliche Schmerz in mir aufhört, aber es wird nur schlimmer. Dabei habe ich nur noch ein paar Minuten. Ich muss zur Körpertherapie. Nadine ist schon in der Turnhalle, ich bin allein auf dem Zimmer. Ich muss jetzt runter, denn es gibt nichts Schlimmeres, als Therapien zu schwänzen, dafür gibt es sofort einen Verweis. Also gebe ich mir einen Ruck, werfe die Füße aus dem Bett und stehe auf. Einen Moment dreht sich das Zimmer. Dunkler Nebel legt sich über meine Augen. Dann wird alles schwarz.

Ich sehe auf die Uhr. Gut. Keine Minute war ich weg gewesen. Sehr gut. Ich schaffe es noch. Auf dem Bett landet man weich. Es ist alles in Ordnung. Ich stehe behutsamer auf, halte mich einen Moment fest und zähle bis fünf. Dann eile ich los. Ein Blick in den Spiegel: Wer ist dieses Mädchen? Hauptsache, niemand erfährt davon.

In der Körpertherapie sage ich, dass ich traurig sei. Aber ich will den Grund nicht verraten. »Wir können dir nur helfen, wenn du uns sagst, was los ist«, sagt die Körpertherapeutin. Aber ich kann nicht sagen, dass es wegen der Pizza ist. Das ist mir peinlich, während die anderen so rumalbern und gut drauf sind und einfach kein schlechtes Gewissen haben. Sie erzählen teilweise sogar stolz davon. Ich bin wieder allein hier – allein und traurig. Und ich schweige, ich verrate nichts. »Gibt es etwas, was wir für dich tun können?«, fragt die Warme. Sie klingt sanft und mitfühlend. Ich finde, sie hat den Titel verdient. Die Warme. Was ihr für mich tun könntet? Ihr könntet mich zwei Wochen vom Essen freistellen, wäre das okay? Ich würde auch Möhren essen, so zwei, drei am Tag. Bis die Pizza raus ist.

Ich schüttele den Kopf. »Möchtest du etwas Ruhiges oder eher Bewegung?«, fragt sie. Jeder wünscht sich am Anfang etwas. Manchmal etwas Bestimmtes, eine Übung oder ein Spiel, manchmal nur eine Richtung, eher ruhig oder eher lebendig, eher laut oder leise, zusammen oder alleine. Die Wünsche werden gesammelt, und man schaut, ob sich ein Kompromiss finden lässt. Wir wollen uns alle bewegen, weil die Stimmen in uns schreien, dass es die einzige Chance ist. Wir wollen alle etwas Ruhiges, weil wir wissen, dass es die einzige Chance ist, zur Ruhe zu kommen. »Ich weiß es nicht« flüstere ich, »Ich weiß gar nichts mehr.« Mir ist nach liegen bleiben, allein schon wegen des Schwindels, wegen der Bauchschmerzen, wegen der Kopfschmerzen. Aber mir ist auch nach Rennen, nie wieder stehen bleiben. Um all die Kalorien loszuwerden, mir selbst zu entkommen.

Wir teilen die Stunde. Am Anfang dürfen wir uns hinlegen, machen eine Traumreise und entspannen uns. Danach geht es mir schon besser. In der zweiten Hälfte spielen wir noch Brennball, was die ganze Situation endlich auflockert und mich auf andere Gedanken bringt.

Am Abend steht etwas Besonderes auf dem Programm: ein Fotoshooting. Walter, einer der wenigen männlichen Betreuer hier, ist Hobbyfotograf. Das spricht sich irgendwie immer rum. Dieses Mal war es Philinna, die vor ein paar Jahren schon mal in der Klinik war und sich erinnerte. Sie bat ihn, das doch noch einmal zu wiederholen.

Philinna ist reich, schön und rebellisch. Sie ist das, was wir alle sein wollen: frei. Ihre Arme zieren zerrissene Netzstulpen, darunter verbergen sich nackte Knochen und Narben. An ihren Stelzenbeinen hängen löchrige

Hosen, ihre Ohren sind durchlöchert von selbst gestochenen Piercings. Sie hat bereits alles erlebt. Ein Jahr in Australien. Ihre Ausflüge. Ihre Phasen. Ihr Leben. Wenn sie erzählt, drängen sich alle um sie herum, um ihren Geschichten zu lauschen. Wie sie damals aus dem Fenster der Klinik ausgebrochen war und tagelang von der Polizei gesucht wurde. Wie sie mit fremden Menschen Fotoshootings auf den noch befahrenen Gleisen gemacht hatte. Sie scheint von etwas umgeben zu sein, etwas schwer zu Begreifendes, eine unendliche Coolness und gleichzeitig eine Distanz, als wolle sie nicht, dass irgendjemand ihr zu nahe kommt, als wolle sie bewundert, aber nicht bemitleidet werden. So präsentiert sie sich. Ich finde, sie ist wie ein Kunstwerk, in ihrem Spagat zwischen der absoluten Freiheit, die sie lebt, und der Gefangenschaft in sich selbst. Denn trotz ihrer Gelassenheit, ihrer Rebellion, ihres scheinbaren Selbstbewusstseins, trotz alledem ist Philinna so kaputt wie wir alle, und wenn sie weint, sieht es aus, als würde sie zerfallen.

Die Mädchen werfen sich in Szene. Veronika hat schon öfter gemodelt. Man sieht es ihr an. Während Marika noch ein wenig steif neben ihr steht, wirft Veronika ihr langes, blondes Haar gekonnt nach hinten, ihre Augen blitzen, ihr Mund ist leicht geöffnet. Veronikas helles Haar, ihr

blasses Gesicht im Kontrast zu Marikas sanfter Milch-
caféhaut. Ihr Stelzenkörper gegen ihren weichen, fülligen
Körper. Sexy, dynamisch, wunderschön. Und ich liege auf
der Matratze und schaue zu. Weil ich mich so voll fühle
und dick und mir immer noch unglaublich schwindelig ist.

Am Abend beschließe ich, Jenna auf ihren Brief zu antworten.

Hallo Liebes,

*erst einmal: Schäm dich, mich so zu verführen und mir ein
Kaugummi zu schicken! :) Nein, das war echt süß von dir.
Ich hab es noch nicht gekaut, weil ich es genieße, wie hier alle
neidisch darauf sind. Insgesamt ist es einfach süß, dass du mir
schreibst, jaja, ich weiß, du* bist *einfach süß! Stell dir vor, ein
Betreuer hier ist Hobbyfotograf und hat heute ein Shooting
mit uns gemacht. Wir hatten richtige Requisiten (google das
Wort einfach, wenn du es nicht kennst :)) und konnten uns
verkleiden, außerdem hat er in der Turnhalle zwei riesige
Lampenschirme aufgestellt, die Belichtung und alles war total professionell. Wir haben eine Bank reingetragen und vor
einer weißen Leinwand posiert. Ich glaub, das wäre voll was
für dich gewesen. Ich hatte nicht so Lust drauf, aber andere haben echt schöne Fotos gemacht und für ein Gruppenfoto habe
ich mich dann auch hingestellt. Du kennst ja meine Kamera-
allergie, ich mag's halt nicht.*

Lasst eure Lehrer mal in Ruhe, die wollen doch auch nur ih-ren Job machen. Oder nehmt das alles wenigstens für mich auf, damit ich auch was zu lachen habe! Was das Besuchen angeht …
Nun ja, ich bin hier am Wochenende viel und oft unterwegs, deshalb ist es eben schwierig. Ich weiß noch nicht, wie lange ich bleibe, bin jetzt bald einen Monat hier, ein bisschen Zeit wird es schon noch dauern. Aber ich komme auf jeden Fall wieder! :)

Machs gut meine Liebe, iloveyou.
Sofia

PS: Dieses Mal wünsche ich mir Erdbeerkaugummi!

Mittwoch

Essen, wenn andere nicht wollen

Oben in der Einzelessbetreuung. Wir sitzen zu dritt über unserem Mittagessen. Mir gegenüber Philinna, die heute einfach mal keinen Bock hat.

»Wenn du nicht isst, kriegst du Fortimel«, erklärt die Essbetreuerin eindringlich, als wäre das eine riesen Neuigkeit.

»Mir doch egal.« Philinna zuckt die Schultern, verschränkt ihre Ärmchen und lehnt sich zurück. Ich bewundere sie ein wenig. »Dann trink ich eben Fortimel. Oder nicht. Wie ich will. Ich hab grad keinen Bock.« Aber ich muss meinen Essvertrag einhalten. Sonst kriege *ich* Fortimel – und mir ist das nicht so egal wie ihr.

Auf der anderen Seite sitzt Leonie und stochert in ihrem Essen herum.

Leo ist besonders. Sie ist naiv und traurig, ein bisschen still und irgendwie jung. Auch wenn ihre Lippen zwei Piercings zieren und ihr Hauptnahrungsmittel die Zigaretten sind, ist da etwas Beschützenswertes an ihr. Leo schwebt immer zwischen Verzweiflung und totaler Motivation. Ihre Haare sind dünn und wirken trostlos, wie sie in hellblonden Strähnen an ihrem Gesicht herunterfallen. Ich erinnere mich noch gut, wie sie gestern ankam. Sie saß auf der Couch und sagte: »Ich würde ja essen, wenn ich hier nicht die Dickste wäre.«

Erstaunt sah ich sie an. »Ähm, bist du auch nicht?«

»Doch. Abgesehen von den Adipösen.«

»Hey, du bist viel dünner als ich!«

Ihre großen Augen sahen mich erstaunt an. »Niemals!« Ich senkte die Stimme und verriet ihr meinen aktuellen BMI.

»Na ja, aber … Auf jeden Fall seh ich dicker aus!« Ich hatte nicht gewusst, was ich sagen sollte. Warum konnte sie nicht sehen, wie dürr sie war? Sah ich womöglich auch so aus und verstand es nicht?

»Leo, du bist viel zu dünn«, erklärte ich ihr kopfschüttelnd. Da erzählte sie mir, dass sie früher schrecklich dick gewesen wäre, dass das jeder gesagt hätte. Wenn sie heute in den Spiegel sehe, sehe sie all das, was sie gewesen ist. Sie sehe noch die alte Leo, die dicke Leo, die, die keiner haben wollte, es wäre, als hätte sich nichts verändert, für sich selbst war sie immer noch die, die einfach immer zu viel ist. Sie erzählte von der Anerkennung, die es dann für das Abnehmen gegeben hatte, Anerkennung, die ich selbst zu gut kenne. Und all das will sie nicht verlieren. Sie hat Angst, nicht geliebt zu werden, weil sie glaubt, nicht gut genug zu sein, wenn sie nicht dünn ist. Aber was sie sich vornimmt, das zieht sie durch. Dann ist sie verbissen, um gegen sich, für sich selbst zu kämpfen. Wenn sie etwas wirklich will, ist sie wie ein Feuer, steckt alle an, erwärmt. Leo ist besonders, und ich frage mich, wie viel von dieser Besonderheit ihr am Ende bleiben wird.

Und nun sitzen wir hier und Leo isst nicht, Philinna isst nicht und ich – ich esse. Ich schaffe es, verdammt noch mal, ich schaffe es zu essen, obwohl sie es nicht tun.

Am Nachmittag geht es noch einmal zu der Strengen. Der Essvertrag wird mir für das Frühstück auf die ganze Portion erhöht, ich muss jetzt also zwei Brötchen essen, dazu den Quark und natürlich die Margarine, die Marmelade und den Käse. Ich habe das Gefühl, es ist unglaublich viel, aber ich weiß, dass ich das irgendwie schaffen kann. Wenn ich ihn drei Tage einhalte, darf ich morgens unten in der Gruppe essen. Mittags darf ich ab morgen schon mit den anderen essen. Ich habe Angst, freue mich aber auch darauf, mir selbst zu beweisen, dass ich schon etwas erreicht habe. Abends bleibt erst einmal alles, wie es ist. Im Moment bin ich ganz schön motiviert, ich hoffe, das hält an.

Donnerstag

Gegen die Wand

Endlich sitze ich beim Mittagessen unten in der Gruppe. Ich bin stolz – und dann sehe ich das Essen. Gefüllte Paprika. Eine riesige Paprika liegt da, bis oben hin gefüllt mit einer vegetarischen Paste. Seit ich mich erinnern kann, ist Paprika mein am meisten verhasstes Lebensmittel. Mir wird übel von dem Geruch, dem Aussehen, dem Geschmack. Und jetzt sitze ich hier und starre darauf und denke: Das darf doch nicht wahr sein. An meinem ersten Tag hier unten steht jetzt ein Teller mit Paprika vor mir. Ich meine, es gibt auch keine Möglichkeit, die Paprika auszusortieren; das Essen *ist* die Paprika. Gestern sind Clara und Violetta gegangen – und die beiden Neuen sitzen mir genau gegenüber. Ich sehe sie an, wie sie ihr Essen zerstückeln und entwickele spontane Mutterinstinkte für die arme Paprika. Alle anderen fangen an zu essen. Ich merke, wie entspannend es hier unten ist. Keine Stille. Keine Essbetreuer, die einen anstarren und zählen, was man isst. Hier sind Mädchen, die ihre zu lauten Gedanken gekonnt zu übertönen gelernt haben. Es wird gelacht und gespaßt, nur zwischendurch ermahnt uns die Betreuerin, die von der Jugendstation mit dabei ist, doch etwas leiser zu sein. Und ich esse, obwohl mir schlecht wird. Ich bin den Tränen nahe, aber ich schaffe es, ich spüle den Scheiß mit Wasser runter und beiße die Zähne zusammen, oder eher auseinander, und denke nur daran, dass ich nicht wieder nach oben will.

Nach dem Essen kommt die Betreuerin auf mich zu. »Deine Therapeutin will dich später noch einmal sprechen«, erklärt sie mir. »Okay.« Morgen ist Familienseminar, das heißt, meine Eltern kommen und wir reden, und wahrscheinlich gibt es da etwas zu klären, vielleicht will die Katze noch ein paar Dinge durchgehen. Weil in der Essstörung ja die ganze Familie eingebunden ist, wird in regelmäßigen Abständen ein Familienseminar gemacht. Das Setting darf man selbst wählen, die ganze Familie oder nur die Eltern, Großeltern, nur Mama oder nur Papa. Ich entschied mich für meine Eltern, weil ich meine Brüder nicht noch mehr mit reinziehen wollte. Sie hatten schon zu viel mitbekommen müssen. Jetzt war es Zeit, sie aus meinem Leben rauszuhalten, zumindest was das Leben anging, das ich hier hinter mir lassen wollte. Vielleicht wollte ich aber bloß nicht, dass sie wegen mir auch zu einer Therapeutin müssen. Therapeutinnen sind peinlich und komisch und verstehen lange nicht alles, was sie mit einem *Das kann ich verstehen* kommentieren. Also kommen Mama und Papa morgen. Und reden.

Nach dem Essen unterhalte ich mich mit einem der neuen Mädchen, Nikola, weil sie so einsam aussieht. Ich erinnere mich, wie es war, alleine zu sein, und versuche, es ihr einfacher zu machen. Aber Nicolas Antworten sind knapp, ich kann nicht recht trennen, ob sie kein Interesse an mir oder generell keine Lust auf das alles hat, oder ob sie vielleicht einfach nur verunsichert ist.

Nikola läuft in kleinen, tastenden Schritten, aber ihr Kopf ist stets zwischen ihre Schultern geklemmt. Ihre Haare sind an der einen Seite abrasiert, an der anderen bunt und hochgegelt. Zerrissene Hosen und Springerstiefel, Nieten und Ketten an ihren Sweatshirts. Nikola ist schmal, schön und faszinierend. Sie ist bloß so schrecklich verbittert. Manchmal sticht sie kleine Nadeln in ihre Hände, ohne es zu merken. Nikola hat ihre Meinung, viel Meinung, andere Meinung. Sie isst keine Tiere, aber raucht wie ein Schlot. Sie ist wütend, unglaublich wütend auf sich und die Welt, aber das spürt man nur selten, das alles ist hinter ihrer Maske verborgen, gut versteckt mit all ihren Geheimnissen. Niemand weiß, was sie getan hat, es wissen nur alle, dass sie viele Sozialstunden absolvieren musste, bevor sie hierher kam. Einmal sah ich ihre Arme. Es wäre kein Zentimeter für einen weiteren Schnitt frei gewesen. Tiefe Narben lassen ihre Haut hügelig und unruhig wirken, bei ein paar Schnitten sieht man deutlich, dass sie genäht werden mussten. Ich verspüre manchmal das Verlangen, mit meinem Finger sanft über diese Landschaft zu fahren, jeden hohen Berg zu erklimmen und die Gründe der Abgründe in ihrem Arm zu finden. Aber all das ist nicht mehr von Bedeutung, wenn Nikola lächelt. Sie lächelt nur ein kleines bisschen, aber es ist das schönste Lächeln, das ich je gesehen habe.

Ich klopfe also gegen Nachmittag an der Tür, an der ein Bild und Zitat von Goethe hängt: »Auch aus Steinen, die einem in den Weg gelegt werden, kann man Schönes bauen!«. Ich lese es jedes Mal, wenn ich vor ihrer Tür stehe und muss immer wieder lächeln. Nur heute ist mir nicht danach, viel mehr ist mir danach, hereinzustürmen und sie zu fragen, was genau, was soll ich aus welchen Steinen bauen, was kann entstehen, woher nehme ich die Kraft, sagen Sie es mir doch, sagen Sie mir, was ich aus diesem zerfetztem Leben, das ich führe, noch bauen soll. Sie hängen überall, diese Sprüche: »Wende dein Gesicht der Sonne zu, dann fallen die Schatten hinter dich« oder, noch viel schlimmer: »Das Glück ist wie ein Schmetterling: Wenn wir es jagen, vermögen wir es nie zu fangen, aber wenn wir ganz ruhig innehalten, dann lässt es sich auf uns nieder.« Wo ist diese Sonne, der ich mich zuwenden soll und wie lasse ich mich irgendwo ruhig nieder, wer garantiert mir, dass der Schmetterling dann zu mir kommt, und wie soll das funktionieren, ich soll mir mein Glück erst aus Steinen bauen und mich dann der Sonne zuwenden und schließlich doch nicht bewegen, damit mir das Glück zufliegt. Diese ganze Metaphorik ist so wunderschön, dass ich sie in einem extra Heft sammele, ich schreibe alles auf, doch sobald ich den Stift absetze, finde ich die Sprüche irgendwie leer, nichtssagend. »Herein«, höre ich die tiefe Stimme der Katze. Ich trete ein, setze mich, finde den Raum wie immer zu klein, den Stuhl zu hart, meinen Platz zu klar definiert. Meine Augen wandern zu dem Bild hinter ihr, das ist mein Punkt, den es zu fixieren gilt. Hier drin gibt es keine Zeit und keinen Raum. Nur nichts preisgeben, nur ihrem Psychologengerede ausweichen, darum geht's. Jedes Mal starre ich aus dem Fenster, sehe mir die Fenster des gegenüberliegenden Gebäudes an, manchmal sind die Vorhänge auf, selten erkenne ich auch die Silhouetten einzelner Menschen darin. Ich sehe ihr nicht in die Augen, denn würde sie meine Augen sehen, sähe sie in meine Seele hinein. Und das macht mir Angst. Niemand soll sehen, wie es in mir aussieht.

»Hast du Angst, weil ich dich hierher bestellt habe?« Provokation.

»Nein«, antworte ich ehrlich. »Ich denke mal, es geht nur ums Familienseminar oder so.«

»Na ja, nicht ganz. Es ist schon was Ernsteres.«

Ich warte und lasse mir die Angst nicht anmerken.

»Wir haben heute in der Gruppe noch einmal wegen deiner Verlängerung gesprochen.« Sechs Wochen bekommt man hier automatisch bewilligt. Danach müssen die Therapeuten bei den Krankenkassen einen Antrag auf Verlängerung stellen (der aber eigentlich immer bewilligt wird). Das geht bis zu dreizehn, manchmal sogar vierzehn

Wochen. Bitte sag nicht, meine Verlängerung ist nicht durch. Bitte. Mir wird bewusst, dass ich mich wohlfühle. Trotz allem. Es ist gut hier. Ich will bleiben und gesund werden. Ich sehe die Katze an, die die Spannung aufbaut, als ginge es um eine Castingshow. Heute haben wir leider kein Foto für dich.

»Also, sie ist durch, keine Panik.«

Gut. Durchatmen. Ich darf bleiben.

»Aber«, setzt sie sofort wieder an, »wenn du hierbleiben willst, muss sich was an deinem Gewicht tun. Nach oben. Du bist jetzt seit vier Wochen hier und es hat sich noch nichts getan. Ich habe hier von Dienstag, warte, vierzigkommaneun. Das sind zweihundert Gramm mehr als dein Aufnahmegewicht. Quasi nichts. Was hindert dich?«

»Keine Ahnung, ich bin ein bisschen zu dick, um noch mehr zuzunehmen.«

Sie nickt nachdenklich. »Ich denke, du solltest auf jeden Fall eine Stunde Körpertherapie machen, zur Körperwahrnehmung und Körperschemastörung. Eine Einzelstunde, nur du und die Therapeutin. Und bei der Ernährungstherapeutin ebenso, dass ihr noch einmal über die Essensmenge und das Gewicht sprecht.«

»Okay.« Zur Warmen und zur Strengen.

»Weil sonst, Sofia, können wir dich nicht länger hier behalten, du musst schon was machen.«

»Okay.« Ich verlasse den Raum und spüre, wie ich die Luft zerschneide, die vor der Tür auf mich gewartet hat.

Mareike und Veronika sehen mich an. »Was war los, was wollte die Katze?« Einen Moment halte ich inne und überlege, wie ich reagieren soll. Dann fange ich an zu lachen: »Haha, stellt euch vor, die werfen mich hier raus, wenn ich nicht zunehme, haha, ist das nicht lustig?« Sie sehen mich erst etwas unsicher an, lächeln und lachen dann aber doch mit mir.

Und mir ist so nach Heulen zumute. Mareike beobachtet mich skeptisch aus den Augenwinkeln. Dann kommt sie zu mir rüber, legt einen Arm um mich und muntert mich auf: »Du schaffst das schon, da bin ich mir sicher!« Manchmal braucht man Menschen, die einen umarmen und trösten, selbst wenn man sein Lächeln weiterhin vortäuscht. Manchmal versteckt man sich dahinter und hofft doch auf Menschen, die einen trotzdem erkennen. Ich weiß nicht, wie ich zunehmen soll, und ich will hier nicht versagen. Den anderen wurde noch nie so eine Drohung gemacht, und egal mit welchem Betreuer oder Therapeuten ich jetzt meine Sorgen teilen wollte, sie alle werden es in ein paar Tagen in der Gruppe erzählen und verdammt, das will ich nicht.

Ich fühle mich verwirrt und wütend, enttäuscht und zittrig. Könnte ich doch nur ausrasten. Könnte ich doch nur zusammenbrechen. Aber dafür bleibt keine Zeit. Ich mache mich auf den Weg zur Gestaltungstherapie.

»Schließt bitte mal eure Augen oder fixiert einen Punkt im Raum. Ich will euch heute etwas vorlesen«, fängt Frau Frühling an. Ich schließe meine Augen, lausche ihrer leisen Stimme, die den Raum erfüllt und schalte endlich ab.

»Es lebte zu einer Zeit ein König, der hatte Töchter, die allesamt sehr schön waren, doch die jüngste Tochter war so schön, dass die Sonne selber, die doch so vieles gesehen hatte, sich verwunderte, sooft sie ihr ins Gesicht schien.

Diese Tochter setzte sich oft an den Brunnen und spielte mit ihrer goldenen Kugel, bis diese eines Tages in den Brunnen rollte und darin versank. Sie weinte und klagte immer lauter und war nicht zu trösten, bis ihr jemand zurief: ›Königstochter, jüngste, was weinst du denn so schrecklich?‹ Es war der Frosch, der ihr Klagen gehört hatte, und so kam es, dass sie ihm von ihrem Leid erzählte. ›Ich könnte dir die Kugel heraufschaffen, aber was gibst du mir dafür?‹, fragte dieser. Die Königstocher versprach ihm Kleider, Perlen und Edelstahl, sogar ihre goldene Krone, aber der Frosch erwiderte nur: ›Deine

Kleider, deine Perlen und Edelsteine und deine goldene Krone, die mag ich nicht: aber wenn du mich lieb haben willst und ich soll dein Geselle und Spielkamerad sein, an deinem Tischlein neben dir sitzen, von deinem goldenen Tellerchen essen, aus deinem Becherlein trinken, in deinem Bettlein schlafen: Wenn du mir das versprichst, so will ich herunterspringen und dir die goldene Kugel wieder heraufholen.‹ Die Königstochter versprach dem Frosch, was er verlangte, wenn er nur ihre Kugel heraufholte, im Stillen aber dachte sie sich: Was für ein einfältiger Frosch, der sitzt im Wasser bei seinesgleichen und quakt und kann keines Menschen Geselle sein. Der Frosch also holte ihr die goldene Kugel herauf, als sie diese aber in den Händen hielt, eilte sie davon, ohne den Rufen des Frosches Beachtung zu schenken. Als sie am Abend mit dem König und allen Hofleuten bei Tische saß, hörte sie es klopfen, und der Frosch rief: ›Königstochter, jüngste, mach mir auf, weißt du nicht, was du zu mir gesagt, bei dem kühlen Brunnenwasser? Königstochter, jüngste, mach mir auf.‹ Der König, erstaunt über den späten Besuch des Frosches, hörte sich die Geschichte seiner Tochter an und sprach darauf: ›Was du versprochen hast, das musst du auch halten; geh nur und mach ihm auf.‹ So ging sie und öffnete ihm die Türe. Nur zaudernd ließ sie ihn von ihrem goldenen Tellerchen essen, und weil der Vater es befahl, trank der Frosch auch aus ihrem goldenen Becherlein. Schließlich sprach er: ›Nun bin ich müde, trag mich in dein Kämmerlein und mach dein seiden Bettlein zurecht, da wollen wir uns schlafen legen.‹ Die Königstochter begann zu weinen, sie fürchtete sich vor dem kalten Frosch, den sie sich nicht anzurühren getraute und der nun in ihrem schönen reinen Bettlein schlafen sollte. Der König aber ward zornig und sprach: ›Wer dir geholfen hat, als du in der Not warst, den sollst du hernach nicht verachten.‹ Da packte sie ihn mit zwei Fingern, trug ihn hinauf und setzte ihn in eine Ecke. Als sie aber im Bett lag, kam er gekrochen und sprach: ›Ich bin müde, ich will schlafen so gut wie du: heb mich herauf, oder ich sag's deinem Vater.‹ Da ward sie erst bitterböse, holte ihn herauf und warf ihn aus allen Kräften wider die Wand. ›Nun wirst du Ruhe haben, du garstiger Frosch.‹ Als er aber herabfiel, war er kein Frosch, sondern ein Königssohn mit schönen freundlichen Augen. Er erzählte ihr, dass er von einer bösen Hexe verzaubert worden sei und nur von der Prinzessin erlöst werden konnte. Gleich darauf wollte er die Königstochter heiraten. Als am nächsten Morgen die Sonne hell am Himmel stand, waren bereits die weißen Pferde gespannt, bereit zum Abholen. Auch der Diener des Prinzen, der die Pferde zum Königshaus führte, war freudestrahlend über die Erlösung seines Herren. So heiraten die beiden und sind bis heute noch überglücklich.«

Einen Moment ist alles still. Wir versuchen, zurück in den Raum zu kommen. Und dann bittet Frau Frühling uns, etwas aufzumalen. Eine Situation, irgendeine aus dem Märchen, die uns am meisten im Kopf hängen geblieben ist. Wir sollen nicht groß darüber nachdenken. Nur malen. Ich greife nach einem Pinsel und dem weißen, großen Blatt. Und dann bringe ich Farben auf das Papier. Ein rosiges Himmelbett. Ein weißer Vorhang vor dem Fenster. Die blonde Prinzessin. Und der Frosch, der an der Wand klebt. Ihre Hand noch in der Schwungbewegung nach vorne gestreckt. Ich sehe zu den anderen. Sie malen den Brunnen mit der goldenen Kugel am Grund. Sie malen den Frosch, der an die Tür klopft. Ich sehe wieder auf mein Blatt, tauche meinen Pinsel in die dunkelrote Farbe und lasse Blut von der Wand spritzen.

»Was machst du denn da?«, fragt mich Alexandra. Sie ist erst seit einer Woche hier, die einzige Adipöse in unserer Gruppe und die Liebe in Person. Sie ist mit Nikola auf einem Zimmer und hat es tatsächlich geschafft, sie ein wenig zu öffnen.

Alex geht gerne rauchen. Sie selbst raucht zwar nicht, liebt aber die, wie sie sagt, ausgelassene Stimmung unter den Rauchern. Manchmal habe ich das Gefühl, sie schützt die zerbrechliche Nikola und bleibt bei ihr, während sie raucht. Wenn Alex wiederkommt und mich sieht, schließt sie mich oft in die Arme. Weil sie weiß, wie sehr ich nach einer Umarmung dürste, nach einem Menschen, der mich wirklich festhält. Wenn sie mich umarmt, knirschen keine Knochen an Knochen. Ich fühle mich geborgen. Wenn sie mich umarmt, riecht sie oft nach kaltem Rauch. Ich liebe diesen Geruch auf ihrer Haut, ich verbinde es mit Nähe und Geborgenheit, denn Menschen, die nach Rauch riechen, waren schon immer älter als ich, es waren die Erwachsenen, bei denen ich sicher war, so fühle ich mich, als wäre sie in dem Moment mehr eine Mutter als eine Freundin.

Und nun zeige ich ihr mein Bild. Sie fängt an zu lachen. »Warte, da kommen noch Gedärme zu!«, wispere ich. »Damit hier mal ein bisschen Schwung reinkommt, nicht wahr?« Ich lasse den Frosch zerquetscht an der Wand hängen, sein Magen-Darm-Trakt liegt unter ihm auf dem Boden. Die anderen Mädchen fangen auch an zu lachen.

»So hieß es aber nicht in dem Märchen!«, gackern sie.

»Aber so war's in meinem Kopf«, verteidige ich mich

gespielt beleidigt. Neben Frau Frühling steht heute eine Praktikantin, die jetzt ein paar Wochen bleiben wird. Sie kommt näher und sieht sich mein Bild an.

»Okaaaay«, murmelt sie eingeschüchtert, woraufhin die anderen noch mehr lachen müssen.

»Ganz schlimm mit ihr«, gluckst Alex, »wirft immer alles gegen die Wand. Versucht alle Leute hier zu töten. Unglaublich aggressiv, dieses Mädchen.«

Der zerquetschte Frosch bleibt unser Insider, etwas, das uns verbindet und zu Verbündeten macht.

Dann werden die Bilder besprochen.

»Keine Ahnung, warum ich die Stelle genommen habe«, gebe ich zu. »Sie fasziniert mich einfach.«

»Was genau fasziniert dich?«

»Die Prinzessin.«

Einen Moment denke ich nach, sehe in Frau Frühlings Augen und füge dann hinzu: »Sie ist eine Prinzessin, eine feine, junge Dame, die das tun sollte, was sie versprach, das, was ihr Vater ihr befohlen hat. Aber sie macht es nicht, weil es ihr grade nicht passt. Und dann rastet sie einfach aus und schleudert den Frosch gegen die Wand. Aus einem bloßen Gefühl heraus. Aus Wut. Klatsch. Sie lässt ihrer Wut freien Lauf und wird dafür auch noch belohnt. Vielleicht wäre ich auch gerne so.«

Perfekte Welt

Teil sein einer perfekten Welt,
In der jeder Mensch gut ist, jeder perfekt,
So sein, dass man nicht aus der Reihe fällt,
So sein, dass man sein Inneres versteckt.

Wirst verbogen, bis du gut bist,
Bis du gut bist, gut genug,
Wirst betrogen, bis dein Herz hart ist,
Hart vor Trauer, Schmerz und Wut.

Musst du gleich sein?
Oder anders?
Wer bestimmt nun, über dich?
Obwohl du so oft weißt: Ich kann das!
Traust du dich einfach, wirklich nicht.

Willst du selbst sein,
Deinen Traum leben,
Doch wird er dir verboten,
Wie viel würdest du dafür geben,
Einmal frei sein, ohne Noten.
Eingesperrt und weggesteckt,
Nur weil in dir was träumen will?

Hast dich immerzu versteckt,
Bevor du schriest, warst du schnell still.
Deine Suche nach dir selbst,
Wurde schmerzhaft unterbrochen,
Hast nichts, was dich noch festhält,
Und das Ende bleibt so offen.

Woche 5–6,

erweiterter Kampf und anfängliche Genesung

Freitag

We are family

Gestern noch der Beinahe-Rauswurf. Heute ein halbes Kilo weniger. Dabei habe ich doch echt gegessen. Was soll ich denn noch machen?

Beim Familienseminar sitzen wir erst einmal im Plenum. Da sind die Therapeutin, Mama und Papa mit mir und eine zweite Familie; ebenfalls die Eltern mit ihrer schon erwachsenen Tochter. Wir reden über den Umgang mit der Essstörung generell und wie es weitergeht nach der Klinik. Die fremden Eltern sagen am Ende, wie erstaunt sie wären. »Wie alt ist Ihre Tochter noch mal? Vierzehn? Sie redet so unglaublich reif und reflektiert, man will das gar nicht glauben, sie ist viel weiter als die meisten Erwachsenen.« Ich bin mir nicht sicher, ob ich stolz oder traurig sein soll, oder ob das vielleicht sogar ein Lob war. Natürlich ist es ein tolles Kompliment – aber auf der anderen Seite hasse ich es, wenn

Menschen mir das sagen. Ich hasse es auch, wenn die Mädchen mir sagen, sie hätten mich nie auf vierzehn geschätzt, ich hasse es, die Fünfzehnjährigen hier kindisch zu finden. Mein Alter ist nur eine Zahl auf Papier, aber warum der Mensch dahinter so ist, wie er ist, weiß ich bis heute nicht. Ich weiß nicht, was Lebenserfahrung bedeutet, ich weiß nicht, warum ich aufhörte, Kind zu sein, nur um erwachsen zu werden. Ich habe all die Träume vom Fliegen und Zaubern und Unsichtbarsein tief in mir vergraben, mit dem Kind, das ich mal war, liegen sie unter der Erde …

Ich setzte den Grabstein »Naiv und Realitätsfern« auf mich selbst, obwohl die Träume viel zu zart waren, die Last dieses Steines zu tragen. Nur das Unsichtbarsein vergaß ich nie, bis ich verstand, dass es gar nicht so furchtbar naiv ist, dass es Möglichkeiten gibt, unsichtbar zu werden. Und als ich das verstand und gleichzeitig schon so furchtbar erwachsen sein musste, weil das Kind diesen Stempel kindisch, naiv, realitätsfern nicht mehr ertrug, weil ich dieses kleine Mädchen zwang, sich zusammenzureißen und endlich erwachsen zu werden, da hörte ich auf zu essen, und wurde Tag für Tag für Tag ein wenig unsichtbarer.

Ich hasse es, dass meine Kindheit so schnell vorbei sein musste. Manchmal kommt es mir vor, als hätte ich noch nicht alles erlebt, als wäre ich viel zu jung, um schon so unendlich traurig zu sein. Lehrer, Eltern und Bekannte sagen stets: Die Pubertät ist die schönste Zeit im Leben. Aber ich kann das nicht glauben, und wenn es doch so ist, will ich nicht wissen, wie sich das restliche Leben anfühlt. Ich will nicht glauben, dass das hier erfüllend ist, und gleichzeitig bin ich so unendlich müde darauf zu warten, dass mein Leben sich eines Tages wendet und plötzlich unglaublich schön sein wird.

Später gibt es dann noch das Therapiegespräch nur mit der Katze und meinen Eltern. Ich habe das Gefühl, die Katze sucht nach Schuld. Meine Mutter erzählt von ihrer eigenen Essstörung (von der ich bis zu dem Zeitpunkt auch noch nicht wirklich wusste). Und dann reden sie noch eine Weile, die Katze spricht von der Reife, die ich habe und wie ich mich von meinen Eltern lösen muss, wir sprechen ein wenig von der Art, wie zu Hause gelebt und gegessen wird und über die Trennung meiner Eltern, ich spüre, wie ich nicht wirklich zuhöre, meine Eltern einfach sprechen lasse, weil ich mich nicht darauf einlassen möchte. Aus irgendeinem Grund fühlt sich all das hier völlig falsch an, aber ich kann nicht wirklich sagen, wieso.

Ich sitze einfach da und hasse die Katze ein bisschen. Um halb vier sind wir endlich fertig.

»Und jetzt«, sagt die Katze und lächelt mich an, »hast du frei, bis zum Abendessen! Du kannst die restliche Zeit rausgehen.«

»Aber mein Ausgang …«

»Ist unbegrenzt, ja!«

Ich strahle und verzeihe ihr all den Unsinn, den sie vorher geredet hat. »Vergiss nur die Zwischenmahlzeit nicht!« Ich rase nach oben, hole mir von den Betreuern eine Mandarine ab. Obwohl ich alleine bin, komme ich gar nicht auf die Idee, diese wegzuschmeißen, sondern schlucke sie hastig herunter. Ich kann mich nicht erinnern, wann ich zuletzt eine Mandarine so verschlungen habe.

»Was gab es denn?«, fragt Mama lächelnd, als ich zurückkomme.

»'ne Mandarine. Puh, ich habe mich beeilt!« Wir gehen los und ich zeige meinen Eltern das Städtchen. Wir haben Zeit und bummeln. Ich zeige den wunderschönen Teeladen, den alten Buchladen, den kleinen Bäcker, den Blumenladen an der Ecke. Ich bin glücklich.

Nach dem Abendessen stehe ich am Fenster und sehe zum Hotel hinüber, auf das ich von meinem Fenster aus freie Sicht habe. Ob Mama da steht, an ihrem Fenster, und zu mir rüber sieht? Es fühlt sich falsch an, nur ein paar Meter von ihr entfernt und doch so unerreichbar zu sein. Der Tag war schön und die Sehnsucht nach ihr zieht meine Blicke in die Nacht. Mir wird klar, wie ich sie und Papa vermisst habe – nicht in den vier Wochen hier, sondern in der Zeit, in der ich mit den Gedanken so komplett fern von ihnen war, die ganzen letzten Monate, in denen ich kaum noch mit den beiden gesprochen hatte.

Montag

Den Kopf verlieren

Heute habe ich wieder Einzeltherapie bei der Katze, in der wir die Familientherapie besprechen. Sie fängt mit meinem Zwillingsbruder an – es wäre schwer, Zwilling zu sein und sich seine eigene Persönlichkeit zu bilden.

»Geht eigentlich«, widerspreche ich. »Es ist nicht so schwer, weil wir unterschiedliche Geschlechter sind. Wir hatten früher auch einen getrennten Freundeskreis.«

»Ja, aber in der Familie. Vergleiche mit Noten oder anderen Leistungen ...«

»Nein, er ist da, na ja, keine wirkliche Konkurrenz.«

Sie sieht mich mit diesem Ich weiß, dass ich recht habe, aber lasse dich mal in dem Glauben du hättest recht-Blick an und geht zum nächsten Thema über: meine Mutter. Ich sei abhängig von ihr und müsse mich von ihr lösen. Ich bin vierzehn. Da darf man ja wohl noch Dinge mit seiner Mutter unternehmen und generell, soll ich mich dazu zwingen, weniger Zeit mit ihr zu verbringen, wo ich doch gerade wieder anfange, mehr mit ihr zu machen? Ich weiß nie, ob ich die Katze mag oder hasse, ihr vertraue oder sie belügen muss. Ich weiß nur, dass sie mir gar nichts bringt und wir uns ständig im Kreis drehen. Selbst wenn ich versuche, mich zu öffnen, scheint sie mich nicht zu verstehen. Und manchmal zweifel ich daran, ob es richtig ist, dass ich schon nach acht Wochen wieder nach Hause will. Weil ich nicht benennen kann, was in meinem Kopf geschehen ist. Weil ich nicht weiß, ob ich wirklich so gesund bin, wie ich vorgebe zu sein. Überhaupt weiß ich nicht, wo mir der Kopf steht.

Dienstag

Das Kind, das mit dem Essen vor der Nase verhungert

Ich streife mir einen Pulli über und laufe die Treppen hinunter. Ich habe zugenommen, ich darf wieder Treppen steigen. Das ist gut. Der Aufzug nervt. Die Warme ist noch nicht da, deshalb lehne ich mich gespielt lässig an die Wand und warte auf sie.

Das hier wird jetzt also die Einzelstunde, die ich der Katze versprochen hatte. Zur intensiven Körperwahrnehmung. Normalerweise finden die Einzelgespräche für mich nur mit der Katze statt. In allen anderen Therapien, Körpertherapie, Gestaltungstherapie, Ernährungstherapie sowie Sozialpädagogische Gruppe und natürlich die Gruppentherapie selbst ist die ganze Gruppe mit dabei. Jedem ist gestattet, ein Einzel in den verschieden Therapien zu beantragen. Dann muss man die Therapeutin ansprechen und einen Termin ausmachen, an dem man mit ihr alleine arbeitet. Mir wurde mein Einzel von der Katze aufgedrängt. Aber gut. Es wird ja nicht schaden.

Da kommt die Warme den Gang entlang. Ihre federnden, ausladenden Schritte höre ich schon von Weitem. Ich mag sie wirklich gerne.

Sie lächelt mich an und schließt die Halle auf. Wir setzen uns auf ein kleines Sitzkissen auf dem Boden. Ich erkläre ihr, dass ich lernen möchte, meinen Körper zu akzeptieren.

»... aber das geht nicht, weil«, ich stocke einen Moment, sehe beschämt auf den Boden. »Weil ich so breit gebaut bin. Egal, wie sehr ich abnehme, meine Schultern und Hüften werden immer breiter bleiben als die der anderen. Und das hasse ich.« Wir reden ein wenig über Körperbau und Knochenstrukturen.

»Gibt es denn gar nichts, das du an dir schön findest?«, fragt die Warme. Ich schweige.

»Deine Augen?«

»Das linke ist kleiner als das rechte. Das stört mich schon lange. Deshalb habe ich mir meinen Pony über das linke Auge wachsen lassen, damit man es nicht so sieht.«

»Deine Nase?«

»Die Sommersprossen darauf, die stören mich.«

»Dein Mund?«

»So klein und schmal. Die Form gefällt mir nicht.«

»Deine gesamte Gesichtsform?« Sie klingt fast schon verzweifelt.

»Zu breit.«

»Deine Ohren?«

»Das rechte steht zu sehr ab …«

»Deine Haare?!«

»Nein, nein, die sind total schlimm!«

Betroffen sieht sie mich an. »Sofia, wie kannst du so schlecht, so hässlich sein? Es macht mich wirklich sehr traurig, wenn ich dir zuhöre. Ist dir bewusst, was für ein negatives Selbstbild du von dir hast?« Sie sagt es wirklich traurig, so traurig, dass es mich selbst fast traurig macht und ich weiß noch nicht einmal, wieso. Ich kann mich nicht schön finden. Plötzlich muss ich an mein erstes Tagebuch denken. Ich war dreizehn. Und der erste Satz war: »Alles an mir ist hässlich.« Dabei glaubte ich es selbst nicht. Aber ich hatte diese Rückmeldung bekommen, von vielen anderen Personen. Also beschloss ich, es selbst glauben zu müssen. Ich beschloss, dass ich hässlich *war*, es nur nicht richtig sehen konnte. Und deshalb musste ich anfangen, es zu glauben, weil meine Wahrnehmung anscheinend nicht stimmte. Ich redete es mir so lange ein, bis ich anfing, es zu glauben – und da nicht mehr rauskam, mich in meinen eigenen Lügen verstrickte, bis ich mich mit Schläuchen verkabelt und piepsenden Herzton überwachenden Maschinen im Krankenhaus immer noch zu dick fand. Und jetzt kann ich nicht mehr zurück. Ich habe Angst, mich schön zu finden, weil ich Angst habe, dann zu kämpfen aufzuhören. Ich habe Angst, mich schön zu finden, weil ich nicht das Recht habe, selbstsicher zu sein, weil ich mir nicht egal werden will, weil ich einfach nicht dick werden will. Dabei ist Selbsthass doch der falsche Weg. Wie soll ich mir denn etwas Gutes tun, wenn ich mich hasse. Ich bestehe nur noch aus Gegensätzen.

»Wenn ich doch nur so dünn wäre wie die anderen Mädchen, dann würde ich auch zunehmen wollen. Aber so, wie ich bin …«

Ich spreche den Satz nicht zu Ende, weil ich sein Ende nicht kenne. Was ist, so wie ich bin?

»Was ist, so wie du bist?«, hakt sie nach.

»Das habe ich mich gerade auch gefragt. Keine Ahnung. Wie bin ich denn?« In meinem Kopf fangen plötzlich Worte an, sich zusammenzusetzen.

»Wie bist du denn?«

Natürlich wirft sie die Frage zurück. Wie soll sie die auch beantworten. Ich habe so viele Antworten darauf, aber keine davon ist irgendwie treffend.

> *Ich bin in gläserner Mauer*
> *Der zerbrochene Stein,*
> *Der Riss im System*
> *Ende ohne je Anfang*
> *Gewesen zu sein.*

»Ich bin irgendwie unvollkommen. Ich bin …« In dem Moment prasselt alles auf mich ein, was ich bin.

Ich bin der tiefe Einschnitt
In schimmernde Haut
Das Leck im Boot
Nagel in falsche Wand
Reingeschraubt.

»Ich weiß es nicht«, flüstere ich und versuche, all die Worte, die in meinem Kopf toben, zu ignorieren.

Ich bin in großer Schafherde
Das verlorene Lamm
Das störende Wort
Zu groß der
Selbstzerstörungsdrang.

Ich schüttele meinen Kopf heftig, als könnte ich die Worte dazu bringen, endlich zu verschwinden, als könnte ich die Zeilen zerrütteln und die Buchstaben verschieben, sodass sie keinen Sinn mehr ergeben, zumindest nicht den Sinn, den sie im Moment haben.

»Was tut dir denn gut? Machst du ab und zu Dinge, die gut für dich sind, die dir gefallen?« Bin ich das wert?, möchte ich fragen. Aber ich weiß, ihre Antwort wäre wohl: Bist du das wert? »Vielleicht sollte ich das ab und zu mal tun«, antworte ich und nicke einsichtig.

»Ja. Hast du eine Idee, was das sein könnte?«

»Mir fällt schon irgendwas ein. Vielleicht versuche ich gleich mal in der Mittagspause, mich irgendwie wahrzunehmen. Oder so was.«

»Klingt gut.«

»Ja.«

Sie nickt nachdenklich und erhebt sich schließlich. »Gut, Sofia, dann wünsche ich dir viel Spaß dabei, das zu versuchen! Und wir sehen uns gleich in der Körpertherapie, okay?«

»Okay.« Ich erhebe mich ebenfalls, gebe ihr die Hand und verlasse die Turnhalle. Einzel bei der Warmen – abgehakt.

Eine Stunde nach der Einzeltherapie geht es zur Körpertherapie mit der ganzen Gruppe. »Ich habe heute etwas Besonderes für euch«, erklärt die Warme, nachdem wir uns in der Turnhalle versammelt, unsere Hausschlappen an den Rand gestellt und auf die Matratzen gesetzt haben. Sie zieht zwei Boxhandschuhe und Bandagen hervor. »Ihr kriegt die langersehnte Boxeinführung!« Genau das, was ich jetzt brauche.

Die Warme erklärt uns, wie wir unsere Hände richtig bandagieren, wie wir die Boxhandschuhe anziehen. Wir gehen zum Boxsack, und sie zeigt uns die richtige Technik, mit der wir schlagen sollen, um uns nicht zu verletzen. Endlich bin ich an der Reihe. Zaghaft schlage ich gegen den Sack, ein seltsames Gefühl. Die Warme lächelt mich an, ermutigt mich fester zuzuschlagen. Und dann trifft meine Faust, immer und immer wieder, bis ich völlig blind darauf einschlage. Ich bin nicht aggressiv. Ich bin kontrolliert. Ich bin die Kontrolle in Person. Ich bin ein Lächeln. Ich bin sanft.

Ich höre auf zu schlagen, ringe nach Atem und lasse den Moment ausklingen. Dann streife ich die Handschuhe ab und reiche sie an Nikola weiter.

Nach dem Mittagessen stehe ich etwas unschlüssig in meinem Zimmer. Die eine Stunde Mittagspause nutze ich manchmal zum Schlafen, weil mich die Therapie und all das Erlebte hier sehr anstrengen. Aber heute erscheint mir meine Zeit zu kostbar, um sie dem Schlaf zu schenken. Meine Beine tragen mich zu dem Spiegel an der Garderobe. Ich betrachte mich. Meinen langen Pullover, der bis zu der Hälfte meiner Oberschenkel herunterreicht. Die Strumpfhose darunter, die sich eng an meine Beine anschmiegt. Das spitze Kinn, die stark definierten Wangenknochen. Meine braunen, kurz geschnittenen Zottelhaare, die viel voller sein sollten, als sie momentan sind. Eine lilafarbene Strähne, die ihren Glanz längst verloren hat, und die still und fast einsam herunterhängt. Meine Lippen schenken mir ein leichtes Lächeln. Und dann sehe ich es. Einen ganz kleinen Moment erkenne ich dieses Funkeln in meinen Augen, das ich so lange verloren geglaubt hatte.

Mit meinem MP3-Player verlasse ich das Zimmer und trete auf den Balkon. Draußen strahlt die Sonne mit ihrer gesamten Kraft. Sie zerbricht den Winter in mir. Ich taue auf. Hinter der Stadt erkenne ich die Berge, die den Himmel zerstechen, die Sonne scheint zwischen ihnen hindurch, direkt auf mich. Ich klettere auf die Balkonbrüstung, lasse meine Füße hinunterhängen, lasse sie in die Leere unter mir baumeln.

Es gibt diese Momente im Leben, in denen man einfach weiß, dass man nicht mehr braucht. Diese Momente, in denen alles perfekt scheint, in denen man einfach nur glücklich ist. Ich fühle mich erfüllt, kraftvoll und lebensmutig. Unter mir fange ich den Blick eines alten Mannes auf, der besorgt zu mir heraufsieht. Von außen muss die Klinik mit all den zerbrochenen Seelen beängstigend wirken. Und wenn dann noch ein dünnes, junges Mädchen auf der Balkonbrüstung vier Meter über dem Asphalt schwebt, dann ist das Bild der Verrückten vollständig. Vielleicht überlegt er gerade, ob ich versuche, mich umzubringen. Vielleicht denkt er darüber nach, hineinzugehen und an der Rezeption zu schimpfen, dass sie endlich Gitter vor den Fenstern anbringen sollen. Ich bin Teil der kaputten Gesellschaft, von der niemand wissen will, dass sie existiert. Ich bin das anschauliche Beispiel der Dinge, die so nicht sein sollen, ich bin das Kind, das mit dem Überangebot von Essen vor der Nase verhungert. Vielleicht bin ich durchgeknallt, vielleicht sollte ich nicht existieren, weil ich nicht in die perfekte Welt passe, wie sie gemalt wird. Ich bin kein Opfer einer Misshandlung, ich bin nicht dumm oder aus armen Verhältnissen. Ich lebe in einer perfekten Welt und bin trotzdem kaputtgegangen. Oder vielleicht gerade deshalb.

Langsam hebe ich meine Hand, erst zögerlich, dann bestimmter. Und winke dem Mann zu. Mein leichtes Lächeln verwandelt sich mehr und mehr in ein lebendiges Strahlen. Er starrt mich entsetzt an. Und in mir erwacht ein längst vergessener Teil: das trotzig-freche Mädchen, das ich war. Ich strecke dem Mann die Zunge heraus. Kopfschüttelnd geht er weiter.

Donnerstag

Schwarzweißdenker

»Können wir nicht Masken machen? So zu Karneval?«, flehen Alex und Mareike in der Gestaltungstherapie.

»Karneval? Ist das euer Ernst?« Wir nicken.

»Sicherlich feiert Corinna auch …« Corinna, das Mädchen, das mit mir zusammen angekommen ist, verbringt im Moment zwei Tage zu Hause. Das Rea, wie wir es nennen, gibt uns die Chance, zwei Tage in unserer gewohnten Umgebung auszuprobieren, zu schauen, wie es läuft, die Realität auf Probe, sozusagen. Danach kehrt man in die Klinik zurück und arbeitet das auf, was vielleicht noch nicht so gut gelaufen ist.

»Na gut, wenn ihr wollt, machen wir heute Vormittag Gipsmasken. Am Nachmittag könnt ihr die dann noch gestalten.« Ich suche Mareikes Blick. Sie nickt zustimmend, kommt zu mir herüber. »Ich fange aber an!« Also setze ich mich auf den Stuhl, schließe die Augen und lasse zu, dass ihre Hände Gips in mein Gesicht streichen. Kalte, nasse Pampe auf meiner Haut. Ihre Hände, die mich berühren. Ich habe Angst, Angst davor, dass sie mich so sehr berührt, dass ich in Tränen ausbreche. Angst, sie könnte mein glattes, kaltes Eisgesicht zu schnell auftauen. Angst, ihre Hände könnten Röte in mein Gesicht bringen, die da nicht sein sollte. Ich muss warten, bis der Gips trocknet, dann bewege ich vorsichtig mein Gesicht und nehme die Maske ab. Betrachte sie. Breit sieht sie aus. Sieht man die Zunahme im Gesicht? Natürlich sieht man die. Guck dich doch an.

Am Nachmittag sollen wir die Masken gestalten. Mir ist nicht nach bunten Federn und Farben. Ich hasse Karneval, ich hasse es, für vier Tage glücklich zu spielen, während auf der anderen Seite der Welt Menschen verhungern. Ich hasse das Abbild meines Gesichts. Ich hasse mich. Was wird jetzt aus der Maske? Ich hasse mich nicht.

Ich greife nach dem Pinsel und fange kurzerhand an, den weißen Gips schwarz zu färben. Schwarz, schwarz, schwarz. Für die Schwärze in mir. Die Grenze klar definiert in der Mitte des Gesichts. Die andere Seite bleibt weiß.

Ich bin ein Schwarz-Weiß-Denker. Ich teile alles auf. Erlaubt, nicht erlaubt. Schön, schrecklich. Liebe, Hass. Ich versuche, mich in Schubladen zu stecken, aus denen ich längst herausbreche. Es gibt kein Dazwischen. Grau ist nicht mehr lebendig. Dick oder dünn. Essgestört oder gesund. Traurig oder froh. Aber wenn, dann alles auf einmal. Es gibt kein Grau. Für mich gibt es nur Schwarz oder Weiß.

Am Abend gehe ich mit Veronika hinunter in den Fernsehraum im großen Plenum. Es läuft, wie jeden Donnerstag, Germanys Next Topmodel. Ja, es liegt eine seltsame Stimmung, eine greifbare Ironie in der Luft, in einem Raum voller Magersüchtiger Modelshows zu gucken. Wir sitzen da, die Beine angezogen und sehen den Mädchen zu, die sich gegenseitig anzicken. Und dann lächelt Veronika plötzlich, zieht aus ihrer Tasche eine Tafel Schokolade hervor und hält sie mir vorsichtig hin. »Auch ein Stück?«, fragte sie. Milka Daim. Die mit den Karamellstückchen. Einen Moment starre ich auf ihre Finger, die das braune Zeug in der Hand halten. Iss jetzt nichts. Ich nehme ein Stückchen. Ohne, dass ich es gemusst hätte. Aber es schmeckt so gut. Und ich hatte Lust dazu. Alles ist gut. Halt mich, Wärme. Ummantel mich und lass mich nie mehr los.

Um zehn beginnt die Nachtruhe, ich schnappe mir die Decke, die ich im Fernsehraum dabeihatte und gehe zurück auf mein Zimmer. Nadine sitzt schon auf ihrem Bett und ist in ihr Buch vertieft. Ich ziehe die Vorhänge zu, drehe mich zum Fenster und streife meinen Pullover und die Strumpfhose ab, schlüpfe in meinen Schlafanzug und ziehe die Vorhänge anschließend wieder auf, weil ich die Nacht so schön finde.

»Stört es dich, wenn ich noch telefoniere?«, frage ich Nadine leise. Sie schaut von ihrem Buch auf. »Kein Problem, mach ruhig«.

»Ich flüstere auch nur!«, füge ich hinzu. Ich schlüpfe unter die Bettdecke, lehne mich an das hölzerne Kopfende des Bettes und greife nach dem Telefonhörer, der auf dem Schreibtisch neben dem Bett liegt. Jennas Nummer kann ich auswendig, nach dreimaligem Klingeln meldet sich ihr Vater. »Sofia, hallo! Wie geht's dir?«

»Gut!«

»Das ist schön. Du willst bestimmt Jenna sprechen, nicht? Sie kommt gerade vom Training und sitzt natürlich hinter ihrem Laptop, ich gebe sie dir mal, okay?«

»Super, vielen Dank.«

Im Hintergrund höre ich Stimmen, dann ist Jenna dran.

»Na, endlich meldest du dich mal! Seit heute Morgen versuche ich dich zu erreichen.«

»Warst du nicht in der Schule?«

»Ja, doch, dann eben seit heute Mittag, auf jeden Fall schon lang. Wie geht's dir?« Ich ziehe die Decke weiter über meine Beine. Mir ist kalt. »Ich hab dir doch gesagt, die Telefone sind erst ab fünf Uhr frei. Und gut, natürlich.« Ich weiß, dass Jenna mir selten zuhört. Aber sie ruft mich an. Das ist doch was. »Pass auf, ich muss dir was erzählen. Dieser Niko und ich. Wir sind jetzt ein Paar!«

Mein Blick schweift zu den Fotos von ihr und mir, Hand in Hand, Arm in Arm, betrügerisch glücklich in die Kamera grinsend. Und plötzlich frage ich mich, ob es noch einen Platz für mich geben wird, wenn ich zurückkomme. Wo ich hingehören werde …

»Jenna! Sitzt du in der Schule jetzt alleine?«, unterbreche ich sie hektisch.

»Was? Äh, nein, Eve sitzt neben mir, mein Gott Sofia, du bringst mich völlig aus dem Konzept. Wo war ich stehen geblieben? Genau, wir haben uns getroffen, und stell dir vor, dann meinte er …«

Kein Platz für mich. Eve sitzt neben ihr. Ich wurde ausgetauscht. Wenn ich wiederkomme, werde ich überflüssig sein. Auf dem Tisch liegt der Briefumschlag mit dem Kaugummi, das sie mir geschickt hat. Weil Kaugummis doch verboten sind. Weil ich Kaugummis doch so gerne mag. Weil ich Jenna doch so gerne bei mir hätte.

»… der Kuss war etwas ekelig, er hat mich so … abgeleckt, weißt du?«

»Ja. Danke für die Kaugummis übrigens.« Ich weiß, ich bin nicht fair zu ihr. Sie seufzt theatralisch.

»Gibt's bei euch eigentlich auch Jungs?«, fragt sie schließlich. Draußen ist es schon dunkel, trotzdem erkenne ich schemenhaft die Berge, die sich am Horizont abzeichnen. Ich würde gerne die Kraft haben, sie zu besteigen. Ich würde gerne auf dem Gipfel stehen, die Arme in die Luft werfen und befreit schreien. Aber stattdessen verbringe ich meine Zeit in den Abgründen meiner selbst, suche nach einem Boden, der den Fall aufhalten kann, und komme doch nirgendwo an.

»Hallo, Erde an Sofia!«, Jennas Stimme reißt mich aus den Gedanken. »Habt ihr da gut aussehende Kerle?«

»Was? Äh, klar. Die ganze Klinik ist voll davon.«

Nervös wickele ich das Telefonkabel um meinen Finger. »Ehrlich?«

Ich ziehe fester. »Ja, gleich nebenan, Simon, der ist echt heiß.« Aus den Augenwinkeln heraus sehe ich Nadine verwundert aufblicken. Das Kabel schnürt mir das Blut ab. »Wie geil! Läuft da denn was?« Mein Finger schwillt langsam an.

»Vielleicht.« Ein Knacken.

»Sind die da nicht alle …« Sie macht eine Pause. Mein Finger kribbelt. »Sind die da nicht alle so krass dürr?«

Das Telefon knallt gegen die Wand, als das Kabel abreißt.

Freitag

Shoppingtour

Heute fahre ich mit Veronika in das Shoppingcenter, das ich mittlerweile in und auswendig kenne. Zwar haben wir nur anderthalb Stunden, aber es macht trotzdem Spaß. Wir haben uns eine Zwischenmahlzeit-Befreiung geholt. Wir müssen also nicht in der Klinik essen, allerdings wird von uns erwartet, dass wir die Zwischenmahlzeit woanders einnehmen. Also essen wir dort Kuchen. Und dann muss ich plötzlich an das erste Wochenende denken, an dem ich so allein mit der Gruppe durch das Zentrum lief und der festen Überzeugung war, ich würde hier nie ankommen. Hätte ich da gedacht, je mit Veronika alleine hier lang zu gehen?

Veronika ist eine klassische Schönheit, sie hat diesen Modelausdruck in ihren Augen, etwas Selbstbewusstes, Sicheres in ihrem Gang. Sie weiß, was sie will. Ich habe Vero kein einziges Mal mit dem Essen hadern sehen, und ich weiß nicht, wie es vorher war. Als ich kam, war sie schon da, aber man erzählte mir, wie sie mit einem BMI von knapp unter vierzehn weinend über dem Essen zusammengebrochen war, wie sie das Fortimel verweigert und sich mit Händen und Füßen gewehrt hatte. All das ist ihr nicht mehr anzusehen, denn sie strahlt von innen heraus. Sie isst, wenn sie Hunger hat, sie geht selbstbewusst in die Küche und fragt den Chef, ob er ihr wohl noch so einen köstlichen Bratling geben könne. Vero umfasst ihre Oberschenkel mit den Händen und wartet auf den Tag, an dem sie es nicht mehr kann. Sie und Clara haben immer zusammen in einem Sessel gesessen, wenn wir ferngesehen haben und sich geschworen, bei ihrer Abreise nicht mehr zusammen hineinzupassen. Veronika ist so kraftvoll, so lebensmutig. Ich erinnere mich noch an die eine Stunde in der Ernährungstherapie. Die Mädchen redeten von warmem Essen – mittags oder abends? Ist da ein Unterschied? Darf ich abends warm essen? Und dann sagte sie: »Es tut mir leid, aber ich kann einfach nicht mehr verstehen, wovon ihr redet. Natürlich erinnere ich mich, dass ich selbst so geredet habe, aber es fühlt sich an, als wäre ich eine andere Person gewesen, die ich nicht mehr kenne, ich kann mich kaum noch in euch hineinversetzen, weil all das mir plötzlich so nebensächlich erscheint. Ich bin auch süchtig, und ich habe diese Sucht neu entdeckt. Sie ersetzt die alte Sucht, aber ich kann sie hier nicht ausleben. Es ist eine stechende, sehnsüchtige Sucht: Die Sucht nach Leben.«

Als Vero an ihrem letzten Tag bei uns in der Gruppe noch darüber sprach, was für Probleme es direkt nach der Klinik geben würde, erklärte sie ernsthaft: »Morgen Abend ist direkt eine Party zu der ich gehe, und ich weiß nicht, ob ich die Party übermorgen dann ausgeschlafen schaffe.«

Ich kann mich vielleicht gerade deshalb so gut mit ihr identifizieren, weil es mir ähnlich geht. Ich möchte leben, alles in mir schreit und windet sich vor Sehnsucht danach.

Kraft

Ich spüre das Leben
Wie es in mich reinläuft
Mich auflädt
Durch meine Adern pulsiert die
Kraft, die
Lust
Die Kraft zu kämpfen
Die Lust zu leben
Mein Leben zu erfühlen
Zu hören, zu sehen, zu schmecken, zu genießen

Ja, das bin ich! So will ich sein.
Das bin ich – Ich ganz allein.
Erfreue mich an den Kleinigkeiten
Des Seins –
Den ersten Sonnenstrahlen, den bunten
Frühlingsblumen,
Hey Glück, ich sehe dich – ich werde dich kriegen
War lang genug in Trauer gehüllt.

Samstag

Gespräche, die ich nie führen wollte

Es ist, als wäre man monatelang zu tot gewesen, um noch zu spüren, dass man nicht lebt. Und dann taut man auf, ganz langsam und vorsichtig, und man fängt an, die Zehen zu bewegen, die Füße kreisen zu lassen, man tanzt mit den Fingern und verspürt den Wunsch, einfach loszurennen. All das Eis soll zersplitternd vom Körper abfallen und vor den Füßen dahinschmelzen, davonfließen.

Ich freue mich auf das Essen, weil es mir schmeckt, ich kann es genießen und dass ich Freitag einundvierzigkommaneun Kilo wog, machte mir gar nichts mehr aus.

Nur auf meinen Vater war ich heute wütend, richtig wütend. Was ich natürlich nicht sagte. Meistens bin ich auf mich wütend, wenn ich wütend bin, weil ich einfach nie meine Meinung sage. Wie sollen die Menschen denn spüren, dass ich etwas nicht will? Heute kam Papa mich besuchen. Er fragte, ob ich denn auch schwimmen gehen dürfte.

»Nein.«

»Und wieso nicht?«

Ich erklärte ihm, jeglicher Sport wäre erst ab einem BMI von siebzehnkommafünf erlaubt.

»Und welchen BMI hast du?«

Ich zögerte. »Sechzehn ...«

»Oh, und was hattest du, als du gekommen bist?« Ich wollte nicht über die Zunahme reden. Es ist gerade in Ordnung für mich, ich fange an, mich damit anzufreunden – aber jemandem zu erzählen, dass ich zugenommen habe, ist grausam. »Knapp fünfzehn«, informierte ich ihn und versuchte, in meine Stimme ein deutliches *das war die letzte Information* zu legen. »Wow«, machte er und hakte weiter nach: »Und was macht das in Kilos aus?«

Ich atmete ein. »Ein bisschen was.«

Er ließ nicht locker. »Du hattest vierzig, als du hergekommen bist?«

»Vierzigkommasieben.«

»Und dann?«

Ich spürte, wie der Widerstand in mir wuchs. Ich wollte ihm das nicht erzählen. »Ist ein bisschen runtergegangen.«

Er sah mich an. »Auf …?« Papa hatte noch nie wirklich Verständnis für die Essstörung, glaube ich. »Neununddreißigkommadrei.«

Erschrockener Blick. »Und jetzt liegst du wo?«

Ich wollte ihm sagen, dass es ihn nichts anginge, was ja sicherlich auch richtig gewesen wäre, aber dann würde er denken, dass es mir nicht gut geht, dass es mit dem Gewicht nicht so gut läuft. Und das sollte er nicht denken. Er sollte denken, dass alles wunderbar war, wunderbarer als es in Wahrheit ist. Das ist mein Beweis für ihn. Mein Beweis, dass ich es kann, dass ich nicht so schwach und dumm bin, nicht zu essen, dass ich stark bin und er mir etwas bedeutet. »Einundvierzigkommaneun«, sagte ich also, und fügte hinzu, mehr um mich selbst zu überzeugen: »Aber das macht mir nichts mehr aus, das Zunehmen.« Ich hoffte, dass er sich freuen würde. Vielleicht würde er mich in den Arm nehmen und sagen: Ich bin so stolz auf dich! Oder mich anlächeln und darüber glücklich sein.

Stattdessen sagte er: »Na ja, wenn du jetzt sechzig Kilo wiegen würdest, wär es dir sicher nicht egal.« Ich schluckte und wusste, dass er recht hat, verstand aber nicht, wieso er das so sagen musste, mir die Angst vor dem Zunehmen wieder eintrichtern wollte, ich verstand nicht, wieso ich dieses Gespräch eigentlich führte und insgesamt wurde mir gerade alles zu viel.

Und jetzt sitze ich zitternd hier und frage mich, warum ich nie den Mut habe, den Leuten zu sagen, wie sie mit mir umgehen sollen.

Sonntag

Gespräche, die ich führen wollte

Er setzte sich zwei Stunden und dreißig Minuten in den Zug, mein großer Bruder, nur um mich besuchen zu kommen. Er kam lässig hoch geschlendert und die Mädchen starrten ihn an. Ich begrüßte ihn und trug mich ins Ausgangsbuch ein, dann gingen wir nach draußen.

»Es ist Flohmarkt, da will ich gerne hin!«, erkläre ich ihm. »Okay! Zeig mir den Weg!« Also gehen wir zum

Flohmarkt. Er ist voll mit Menschen und altem Gerümpel. Joshua macht sich über den ganzen Schrott lustig. »Kauft jemand so was? Guck mal, das könnten wir doch noch in den Keller stellen. Okay, wenn du das hier mitnimmst, zahlen sie dir wahrscheinlich noch drauf ...« Ich lache über ihn. So kenne ich ihn, so liebe ich ihn. Ich bin einfach froh, dass er da ist. Dass er ganz alleine und nur für mich hierhergekommen ist. Ich zeige ihm ganz aufgeregt alles: den Wald, die Rehe darin, die matschigen Wege, die kleine Brücke, den wunderschönen Park, das Städtchen.

»Ist dir nicht kalt?«, fragt Joshua irgendwann fürsorglich.

»Ein bisschen, jaah ...«

»Lass uns irgendwo reinsetzen.« Ich führe ihn zum besten Café, das es hier gibt. »Wohin willst du?« Er folgt mir in die obere Etage. Wir setzen uns, er bestellt eine heiße Schokolade, ich eine Cola Light. Wir reden, reden, reden. Ich erzähle von Umbridge und der Katze mit dem großen Busen, und von Veronika, die irgendwann mal total ausrastete und alle anschrie, dass sie es satthabe, von einer übergewichtigen Therapeutin, die kaum in den Stuhl passt, therapiert zu werden. Wir lachen zusammen, als ich ihm Umbridge beschreibe. Ich beschreibe auch Veronika und er sagt: »Wow, die muss ich, glaube ich, mal kennenlernen ...« Ich grinse. »Darfst du eigentlich Cola Light trinken?«, will er wissen und schlürft an seiner heißen Schokolade.

»Hier sieht mich ja keiner.« Er lacht und stimmt mir zu. Dann bestellt er noch einen warmen Apfelstrudel, weil der heute im Angebot ist. Die Kellnerin stellt eine gefühlte Ewigkeit später den Teller vor ihn, das Lokal ist bis oben hin voll. »Oh, das sieht ja lecker aus! Darf ich probieren?«, frage ich. Joshua sieht auf. »Da ... Da sind aber Rosinen drin.« Er scheint völlig aus der Bahn geworfen.

»Ich liebe Rosinen! Echt, ich verstehe nicht, warum ich sie früher nicht mochte. Hier habe ich sie zu lieben gelernt ...«, erkläre ich ihm. Dann fängt er sich wieder und tut ganz cool, tut so, als wäre es nichts Besonderes, dass ich ein bisschen probiere, dass ich sogar vorsichtig ein, zwei Löffelchen Vanillesoße esse. Aber es ist etwas Besonderes, und das wissen wir beide. Denn ich muss gleich in der Klinik auch essen, und das alles steht nicht auf meinem Plan, und ich tue es, weil es mir schmeckt. Ja, das ist besonders, und der Moment gehört irgendwie uns, es ist, als würden wir ihn hier oben festhalten, auf der oberen Etage dieses kleinen Cafés, mit Ausblick auf die weite Welt.

Ich nehme ihn noch mit in die Klinik, hole meine zwei Lieblingsspiele und erkläre ihm *Räuberrommé* und *Halli Galli* (was er gnadenlos gegen mich verliert, ich bin einfach zu geübt mittlerweile). Wir lachen, und er erzählt von den Vorabifeiern, bei denen er nicht reingekommen ist, weil er zu betrunken war, wie eine Freundin ins Taxi gekotzt hat, wie er lebt. Es ist schön, all das zu hören. Ich bringe ihn am Ende zum Bahnhof, umarme ihn und bin glücklich. So glücklich, dass ich den Weg zurück hopse. Und es ist mir egal, wie symptomatisch das ist, es ist mir egal, dass mein Unterbewusstsein angeblich Kalorien abbauen will, in dem Moment bin ich einfach nur ein glückliches Mädchen, das vor Freude springt.

Ich kann's mir erlauben, schließlich nehme ich an Lebensfreude und Gewicht weiter zu.

Am Abend telefoniere ich noch schnell mit meiner Mutter. Und spreche die Situation im Café an. »Als er zur Tür reinkam«, erzählt sie, und ich höre das Lächeln in ihrer Stimme, »war das Erste, was er sagte: Mama, sie hat freiwillig gegessen und es hat ihr geschmeckt.«

Montag

Motivation

Bei meinem Einzel erzähle ich ein wenig von meinem Vater, wir reden und machen aus, dass das nächste Familienseminar nur mit ihm stattfinden soll. Eigentlich ist es mir egal, aber ich tue so, als würde es mich total berühren, und ich glaube, sie denkt jetzt, er wäre der Grund für die Essstörung. Soll sie mal denken, ich habe beschlossen, sie nicht zu mögen, und überhaupt hasse ich diese ewige Suche nach der Schuld. Sie sagen immer, es ginge nicht um Schuld, aber im Endeffekt geht es sehr wohl darum. Nach dem Mittagessen flüstert Lena mir zu: »Gleich in der Mittagspause, kommst du zu mir?«

»Okaaay«, entgegne ich zögernd und schleiche mich nach der Nachbetreuung zu ihr aufs Zimmer. Sie steht an ihrem Bett und faltet Oberteile.

Ohne aufzusehen, sagt sie: »Die Verlängerung ist nicht durch. Ich fahr morgen.« Einen Moment starre ich sie entgeistert an, greife nach dem Bettpfosten und schließe meine Finger fest darum. Wenn es sich so anfühlt, als würde dir der Boden unter den Füßen weggezogen, musst du dich an etwas festklammern. Du weißt nicht mehr, ob du schreien, lachen oder weinen sollst.

»Aber …«, stammele ich. »Die Krankenkassen machen das doch eigentlich immer!« Sie nickt. »Irgendein Verwaltungsfehler, schlechte Absprache zwischen Klinik und Krankenkasse. Umbridge hat es mir gerade gesagt. Ich muss morgen fahren.«

»Morgen?« In meinem Kopf rattern tausend Gedanken.

»Ja. Gibst du mir mal eben meine Tasche?«

Und so bleibst du am Ende alleine da stehen. Während andere sich längst mit einer Tatsache abgefunden haben, reißt sie dich immer noch umher, schlägt dich gegen die Wände deines eigenen Verständnisses, und es bleiben nur ein paar Risse darin, die daran erinnern sollen, wo deine Grenzen liegen.

Die Gedanken wirbeln noch in meinem Kopf herum, als ich rausgehe. Da kommt Leonie auf mich zu. »Ähm, wir essen heute Abend zusammen, oder?« Ich ziehe den kleinen Zettel aus meiner Tasche, auf dem die Betreuer die Essenszeiten aufschreiben und nicke. Leonies Essvertrag kenne ich fast besser als meinen. Sie hat ein Brot mit einer halben Portion Butter und Aufstrich sowie das Gemüse, das sie essen muss. Ziemlich schwierig, wenn ich neben ihr dann mit meinem Essvertrag durchhalten muss, ein

Brot, ein Knäckebrot, zwei Aufstriche, eine Portion Butter. Mir fehlen nur noch ein Brot und das Gemüse zur ganzen Portion. Leo lächelt. »Ich, ähm. Ich will heute Abend mal die ganze Portion versuchen.« Erstaunt sehe ich sie an. Sie lächelt immer noch. Aber es ist kein eingefrorenes Lächeln. Sie wirkt aufgetaut, und die Wärme klebt noch an ihren Lippen, das Eis tropft herunter und macht sie leicht genug, weiterzulächeln. »Wenn du es machst, mache ich mit!«, entgegne ich, fasziniert von ihr und ihrer Motivation. Sie hatte auch einen dieser Klick-Momente. Wieso eigentlich nicht?, frage ich mich. Weil du es nicht musst. Warum willst du freiwillig mehr essen, als du musst?, fragt ein säuselndes Stimmchen in meinem Hinterkopf.

Ich bin in der sechsten Woche hier und immer noch in der Einzelessbetreuung. Ich will endlich was ändern, ich will endlich auch abends mit der Gruppe unten essen. Und so machen wir es. Wir motivieren uns, schneller zu essen. Ich kann nicht so stopfen. Eine halbe Stunde ist so wenig Zeit. Ich bin so verfressen. Zwei Brote, ein Knäckebrot, anderthalb Streichfett, drei Beläge und eine Gemüsebeilage. Es geht, irgendwie, und die Essbetreuerin lächelt, während sie uns zusieht, die halbe Stunde ist um, sagt sie irgendwann, beinahe traurig. Nein, sagt Leo, das packen wir jetzt. Und wir kauen hastig und schlucken die letzten Bissen herunter. Vierunddreißig Minuten, die

Betreuerin hat gewartet, sie lächelt, als sie bei uns *ganze Portion* notiert. Mit einem lächelnden »Ihr seid wirkliche Kämpfer« entlässt sie uns – ich bin voller Stolz. So stolz auf Leo und mich, wir beide strahlen, als wir hinunterkommen, in dem Wissen, es geschafft zu haben. Ich hoffe, dass sie weiter so motiviert bleibt. Ich hoffe, sie schafft es.

Dienstag

Sich gewichtig fühlen

Ich muss dreimal die Woche zum Wiegen. Dienstag, Freitag und Sonntag. Die Tage sind immer ein bisschen angstbesetzt. Man steht auf, man duscht, man überlegt sich, ob man aufs Klo gehen kann oder lieber noch einen Schluck trinkt. Man zieht sich Unterwäsche und einen BH an, den Bademantel darüber, warme Schlappen an die Füße. Man denkt an die dünnen, schweren fünfhundert Gramm Gewichte, die es im Angelsportgeschäft gibt und schüttelt entschieden den Kopf, weil man doch nicht schummeln will. Und dann geht man die Treppen hinunter, die Beine leicht zitternd.

Vor dem Zimmer sitzen immer schon ganz viele Leute. Meistens sind es die Anorektischen, die früh aufstehen um bloß als Erstes dran zu kommen, all die, die die Anspannung nicht aushalten, die die Zahl wissen wollen, die sie ausmacht. Ich denke daran, dass wir lernen sollen, uns nicht von dieser Zahl definieren zu lassen, aber trotzdem danach beurteilt werden. Ab einem BMI von fünfzehn darf man Treppensteigen. Unter zwölfkommafünf kommt man ins Krankenhaus. Ab siebzehnkommafünf darf man Sport machen. Ab zwanzig Fahrrad fahren. Und so weiter. Alles hängt von deinem BMI ab, und doch sollen wir uns als normale Menschen sehen, als solche, bei denen das Gewicht keine Rolle spielt.

Man sieht an den Gesichtern der Mädchen selten, wie es war. Sie sind den Tränen nahe, wenn sie zugenommen haben. Dann möchte man aufspringen, sie umarmen und ihnen einfach zuflüstern, dass jedes »Hässlich«, »Dick«, »Fette Kuh«, »Disziplinloses Mädchen«, das ihre Köpfe ihnen in dem Moment entgegenschleudern, eine verdammte Lüge ist. Aber sie sind auch den Tränen nahe, wenn sie abgenommen haben. Dann möchte man am liebsten aufspringen, sie umarmen und ihnen zuflüstern, dass sie es schon noch schaffen werden, dass sie nicht mutlos werden sollen.

Ich betrete den Raum, das Schwesternzimmer. Eine Schwester sitzt an ihrem Computer am Schreibtisch. Links in der Ecke steht eine Liege. Davor die Waage. Erst setze ich mich auf den Stuhl, mein Blutdruck wird gemessen. Er wird besser. Achtzigzufünfzig ist vorbei, und fast macht es mich traurig. Ich habe das schockierte Gesicht der Schwestern geliebt, das Nachmessen. Hier in der Klinik war es nichts Ungewöhnliches mehr, damals im Krankenhaus und zu Hause schon. Meinen Puls konnten sie nicht fühlen, die Körpertemperatur lag bei fünfunddreißigkommafünf Grad. »Okay« sagt die Schwester, »Neunzigzusiebzig. Stell dich doch bitte noch auf die Waage.«

Ich gehe zur Waage und hoffe, dass sie mich nicht anschaut. Ich fühle mich unwohl, will mich nicht in Unterwäsche zeigen, will nicht, dass sie mich dick findet. Schließlich sieht sie tagtäglich die ganzen dreizehner BMIs. Den Rücken zu ihr gekehrt streife ich den Bademantel vorsichtig ab und lege ihn über die Liege, steige in Unterhose und BH auf die Waage. Ich spüre meine Schulterblätter, die nackten Knochen, die meine Haut durchbohren, ich spüre ihren Blick auf der weißen Unterhose, die trostlos über meinen Hüftknochen hängt. Die Waage ist ein einfaches, schwarzes Brett, ohne Anzeige. Ein Kabel führt zum Computer der Schwester. »Möchtest du dein Gewicht wissen?«, fragt sie. Das ist das Schöne, wenn die Klinik eine extra Station für Essstörungen hat. Sie wissen, wie es läuft. Und sie lassen dir die Wahl, du musst die Zahl auf der Waage nicht sehen. Ich wünschte, ich wäre stark genug, einfach Nein zu sagen, denn ich habe es so satt, mich von einer Zahl definieren zu lassen. Ich habe es satt, dass sie meine gesamte Stimmung bestimmt. Und trotzdem sage ich: »Ja.« Ich sage es, als hätte ich es mir gerade überlegt, als wäre es keine wichtige Entscheidung, ein »Ja, wieso nicht?«, so wie wenn jemand dich fragt, ob du auch einen Tee haben möchtest.

Ich habe mein Gewicht gehalten. Also gut, das ist in Ordnung.

Am Nachmittag gehe ich zu der Strengen. Es wird Zeit, mir einen Naschzettel geben zu lassen. Das darf man nach einer gewissen Zeit, die man hier ist. Man macht dann drei Dinge aus, die man kaufen darf, und darf diese auch auf dem Zimmer haben. Ich entscheide mich erst einmal für zwei Dinge: zweihundert Gramm Gebäck, zweihundert Gramm Trockenobst.

»Außerdem«, erkläre ich der Strengen, »würde ich gerne auch für das Abendessen runter. Ich habe gestern schon die ganze Portion gegessen.«

»Ach, wirklich?«

»Ja.«

»Gut, dann machen wir das wie immer: Drei Tage lang musst du's schaffen. Also jetzt noch zwei Tage. Heute Abend und morgen die ganze Portion, dann darfst du übermorgen runter.« – »Okay.« Abgang. Ging doch.

Auf meinem Zimmer ziehe ich mir die Jacke über und gehe los, in die Stadt, um mir etwas vom Naschzettel zu kaufen. Es tut gut, alleine unterwegs zu sein. Ich laufe die kleine Straße hinunter, an dem Buchladen vorbei, dem ersten Café, dem zweiten, in dem ich mit Joshua saß und Kuchen aß. Die Apotheke, in der ich mir Handcreme für meine rissigen Hände gekauft habe. Und dann rechts der erste kleine Laden. Ich atme ein und betrete ihn. Meine Schritte klingen auf dem Boden seltsam. Eins, zwei, drei. Zehn Schritte bis zum vierten Regal. Links abbiegen. Erstes Regal Schokolade. Zweites Regal: Kekse. Vier, fünf, sechs. Salziges Gebäck, drittes Regal von rechts. Verstohlen schaue ich mich um, beinahe so, als hätte ich vor, die Kekse in meiner Tasche verschwinden zu lassen. Meine Hand zieht vorsichtig das erste Paket heraus. Sieht lecker aus, aber nicht überwältigend. Stelle es zurück. Hier sind Salzbrezeln. Die mochte ich doch früher. Aber sieh mal der Preis. Einsneunundneunzig. Das ist doch viel zu viel. Aber hier, diese Cracker, die sehen toll aus. Aber sieh mal der Preis. Zweihundertdreiunddreißig Kalorien für fünfundvierzig Gramm. Nein, das ist eindeutig zu teuer.

Insgesamt brauche ich eine halbe Stunde. Ich durchstreife die Regale, ziehe die Verpackungen hervor, lese mir die Inhaltsstoffe und Kalorien durch, vergleiche sie, vergleiche Preise, stelle zurück. Irgendwann gebe ich auf, gehe in die Klinik zurück und bin enttäuscht von mir. Ich schaffe es nicht, Geld auszugeben, nicht für Kalorien.

Es ist ein wenig die Verzweiflung, die das Gesundwerden mit sich bringt.

Die Menschen fragten mich manchmal, warum ich nicht aufhören würde, zu hungern. Sie sagten, wenn du doch schon im Krankenhaus liegst, warum isst du nicht einfach? Ich fragte mich nie, warum ich nicht esse. Eher fragte ich mich, warum ich essen sollte. Ich fragte mich, warum ich all das widerwärtige Zeug in mich hineinstopfen sollte, warum ich klebrige Süßigkeiten und vor Fett tropfende Gebäcke in meinen Mund schieben sollte, wenn das Nichtessen doch das Einzige war, was mich so anders machte. Wenn ich abends im Bett, von all den Albträumen zitternd, Halt an meinen hervorstechenden Hüftknochen fand, wenn sich meine Rippen sanft unter der Haut abzeichneten, nicht herausstanden, sondern nur hindurchschimmerten. Wenn sich meine Haut blass und zart wie Pergament über meine Wangenknochen spannte und die Leute mich erschrocken ansahen, wenn meine

Hände ständig kalt und blau waren und es mich so unglaublich anders machte. Ich war das Mädchen, das nie aß, und mir gefiel diese Definition. Aber langsam und schleichend macht es auch traurig und einsam. Ich spürte es anfangs nicht, ich bekam nicht mit, wie ich mich immer mehr in mir selbst verlor, während ich mir weiter vorlebte, glücklich zu sein.

Und dann irgendwann gibt es eine Antwort auf die Frage, warum man essen sollte: um zu überleben. Und vielleicht wird einem bewusst, dass man nicht überleben möchte. Ich wollte nicht ohne Essstörung leben. Und mit konnte ich nicht weiterleben.

Hier finde ich endlich wieder Lebenswillen. Und trotzdem bleiben die Stimmen, die altbekannte Angst, und man fragt sich: Wieso? Wenn ich doch schon leben möchte, warum wird es mir dann noch so schwer gemacht?

Du

Du, mein treuster Freund.
Meine kleine Hoffnung.
Du, mein sicheres Dasein.
Meine Freude, mein Glück.

Du, meine schwarze Seele.
Mein falsches Gesicht.
Du, meine verzweifelte Seite.
Mein Käfig, mein Leid.

Du, meine hellste Sonne.
Mein Helfer und Schutz.
Du, meine Quelle des Lebens.
Mein Sinn, mein Gerüst.

Du, mein unerfüllter Traum.
Mein ehrgeiziges Ziel.
Du, mein nie erreichbares Elend.
Meine Träne, mein Zorn.

Flüsterst mir Versprechen, wenn ich dich nähre,
Versprichst mir Schutz, versprichst mir Halt,
Doch wer schützt mich vor dir,
Wenn ich mich wehre?
Und wer gibt mir Wärme? Du bist so kalt!

Gibst du mir Halt oder lässt du mich fallen?
Bringst du mir Freud oder bringst du mir Leid?
Werd mich in größter Not an dich krallen,
Denn wenn ich stolpere, bist du nie weit.

Lass dich jetzt zurück, geh allein meinen Weg,
Doch bleibst du da als leuchtendes Licht,
Und wenn ich verzweifelt,
Von zu vielen Gefühlen bewegt,
Vernebelt verlockendes Leuchten mir meine Sicht.

Woche 7–8,

Aufbruch

Donnerstag

Schifffahrt

»Was möchtest du denn alles schaffen, wenn du zu Hause bist?« Die Katze hat einen Zettel vor sich, so einen mit zu vielen leeren Linien, die man füllen soll. Ziele, Hoffnungen, Ängste, Pläne für das Wochenende, dass ich zu Hause verbringen werde. Ich bin nun also auch so weit, mein Rea anzutreten. Als lebte ich hier nicht in der Realität. Wer bestimmt schon, wo Realität anfängt? Ist das, was ich denke und fühle, überhaupt real genug, mich in die Realität zu entlassen?

»Ich will am Samstag shoppen mit Mama und mir auf jeden Fall was kaufen. Dann Kuchen essen gehen. Sonntag will ich mich mit ein paar Schulfreunden auf ein Eis treffen«, erkläre ich ihr.

»Das war's?«

»Na ja, sind ja nur zwei Tage …« Ich sehe sie zögernd an. Sie sieht von dem Zettel auf und schaut mich an.

»Gehst du nicht feiern, dich mit Jungs treffen?« Die Katze fährt ihre Krallen aus. Ich bin vierzehn, ich habe keine Lust feiern zu gehen. Kein Junge interessiert sich für ein Mädchen, das ein Wochenende aus der Klinik ausgebrochen ist. *Hey Süßer, wir können uns in ein paar Wochen sehen, aber erst einmal muss ich zurück in die Klapse, okay? Warte auf mich, beweg dich nicht hier weg.* Ich schüttele einfach nur den Kopf. »Nicht genug Zeit«, antworte ich.

In der ersten Stunde der Gestaltungstherapie gibt Frau Frühling uns Buntstifte. »Das Thema heute«, erklärt sie, »heißt Schifffahrt. Zeichnet einfach, was euch dazu einfällt!« Ich bringe ein kleines Motorboot auf das Papier. Wasser spritzt zu den Seiten hervor, es rast über das Meer. Ein Sandsack, der hinten über Bord fliegt. Ein erschrocken zur Seite springender Fisch. Wir hängen die Bilder an die Wände und die anderen heften Klebezettel daran. Dinge, die uns dazu einfallen. Am Ende betrachte ich den Klebezettel. Worte über Worte: schnell, rasant, zielstrebig, übers Wasser gleitend, ehrgeizig, Last abwerfend, befreit durchstarten. Aber auch Begriffe wie: pausenlos, Atemnot, ermüdend, kraftaufwendig.

»Ich will einfach schnell sein«, erkläre ich. »Ich will ohne Widerstand über das Wasser jagen, frei und kraftvoll, bis ich endlich ankomme.«

»Wo ankommen?«, hakt Frau Frühling nach.

»Irgendwo, wo ich zur Ruhe komme.« Sie sieht sich das Bild noch einmal genauer an. »Da springt ein Fisch erschrocken zur Seite«, stellt sie fest.

»Fische erschrecken sich manchmal, wenn man so schnell ist, denke ich.« Sie nickt. In mir selbst gibt es Tausende Fische, die erschrocken zur Seite springen, weil ich unheimlich schnell bin. Zu schnell, zu pausenlos für mich selbst.

Am Nachmittag geht es zur zweiten Einheit Gestaltung. Anstatt wie sonst weiterzumalen oder unsere Bilder zu besprechen, fangen wir ein neues Thema an. Wieder bekommen wir Buntstifte. »Das Thema lautet Abschied«, erklärt Frau Frühling uns. Abschied. Es gibt nichts, wovon ich mich verabschieden möchte. Von der Essstörung. Nein, es ist zu früh für einen Abschiedsbrief. Dafür ist es definitiv zu früh. Und plötzlich habe ich eine Idee. Ich greife zur Schere und schneide die Karte quer ab. Ich male eine winkende Hand mit sechs Fingern auf die Vorderseite. Und ich schreibe einen Abschiedsbrief:

Es war schön, mal mit dir zu leben, nach dir zu streben, liebe Perfektion. Ich habe nur für dich gelebt – für eine Illusion von etwas, das ich nie erreichen werde. Deshalb tut es mir leid, dir sagen zu müssen, dass sich unsere Wege an dieser Stelle trennen, wir können nie zusammenfinden, denn ich bin ein Mensch und du bist ein Wunschbild – ein unerreichbares Ideal. Du hast mir mein Leben verdammt schwer gemacht, ich bin froh, wenn ich dich nun loswerde. Ich war, bin und werde nie perfekt sein, ich darf auch mal zweifeln, traurig, wütend oder enttäuscht sein, und vor allem darf ich ich sein – ohne dich.

In Liebe, Sofia

Freitag

Ich kann das nicht

Heute Morgen gehe ich dann also zum Wiegen – Einundvierzigkommaneun. Abgenommen. Fünfhundert Gramm. Wie kann das sein? Morgens bin ich unportioniert, das heißt, sie geben mir nicht mehr alles in Pöttchen vor. Ich muss die Aufstriche selbst nehmen. Aber ein Brötchen bleibt ein Brötchen, viel falsch machen kann man da nicht, und es klappt wirklich gut. Ich esse alle

Mahlzeiten unten, immer die ganze Portion, ich reduziere nicht, esse zwischendurch sogar einen Keks.

Morgen fahre ich zum Realitätstraining. Ich bin den ganzen Tag voller Vorfreude, packe am Abend ein paar Sachen zusammen.

Zwanzig nach zehn. Ich lasse mich erschöpft auf mein Bett fallen. Und spüre plötzlich ein beklemmendes Gefühl in mir. Angst. Heute Abend hat Schneewittchen Nachtschicht. Mein Glück, denn sie hat es sich zur Angewohnheit gemacht, durch jedes Zimmer zu gehen, bevor sie fährt, und einmal Gute Nacht zu sagen. Die Betreuer, die Nachtschicht haben, bleiben normalerweise bis zehn, halb elf, danach ist nur noch die Nachtschwester da, die für die ganze Klinik Notdienst hat. Als Schneewittchen den Kopf in unser Zimmer steckt, drehe ich mich weg. Ich will nicht, dass sie mich weinen sieht. Aber Nadine signalisiert ihr mit einem Blick, hereinzukommen. »Was ist denn los?«, fragt Schneewittchen mit ihrer besorgten Stimme. Und dann fange ich hemmungslos an zu weinen. Ich schluchze, dass ich Angst habe, dass ich das alles nicht packe.

»Es ist nicht so leicht, wie es alles immer scheint«, sage ich weinend. »Ich glaube, ich bin noch gar nicht so weit, ich habe Angst, ich bin so haltlos zu Hause. Was ist, wenn ich es doch nicht kann und alle enttäusche?«

»Hey, hey …« Sie nimmt mich in den Arm, dann hockt sie sich vor mich und nimmt meine Hände, sieht mir fest in die Augen. »Pass auf, du bist nicht da, um jemandem zu beweisen, wie weit du schon bist! Darum geht es nicht!«

»Nicht?«

»Nein. Es geht darum, dass auch Dinge schieflaufen können. Du bist nur zwei Tage da, damit du vielleicht, wenn du wiederkommst, merkst, was im Alltag zu Hause nicht gut läuft. Es gibt kein Versagen und du musst dich nicht unter Beweis stellen. Es ist eine Übung, eine Probe, aus deren Fehlern du noch lernen kannst.« Dann schreibt sie mir die Nummer der Betreuer auf, die ich jederzeit anrufen kann, wenn es mir schlecht geht. »Du kannst auch frühzeitig abbrechen. Und vergiss nicht, es hat nichts mit Versagen zu tun, okay? Das bedeutet nur, dass du gut auf dich geachtet hast und vielleicht noch Zeit brauchst.«

Ich nicke und wische mir die Tränen weg. »Okay, und jetzt versuch erst einmal zu schlafen. Morgen sieht die Welt schon ganz anders aus.« Sie drückt mich noch mal, wünscht uns eine Gute Nacht und geht raus. Nadine lächelt mich auf ihre schüchterne, liebevolle Art an. Es tut gut, dieses Lächeln. Ich lächele vorsichtig zurück.

»Ich bin mir auch ganz sicher, dass du es schaffst«, sagt sie ganz leise.

»Du freust dich ja nur auf dein Einzelzimmer«, necke ich sie scherzhaft.

»Haha, okay, du hast recht. Wag es ja nicht, früher zurückzukommen!« Wir lachen, und ich fühle mich wohl. So wohl, dass ich eigentlich gar nicht unbedingt nach Hause muss.

Samstag

Die freie Welt

Meine Mutter lächelt mich an, als ich ihr mit dem gepackten Koffer entgegen komme. Wehmütig sehe ich mich in der Klinik um, verabschiede mich von ein paar Leuten und folge ihr. Ich erkenne die Autobahn, die Ausfahrt, die Straßenschilder, all das ist meine Heimat. Wir fahren zuerst zu Edeka, wo ich mir die erste Zwischenmahlzeit aussuche: Milchreis mit roter Grütze. Es ist komisch, mit Mama durch den Laden zu gehen und sich so was aus dem Kühlfach zu nehmen, wo doch in unseren Köpfen noch die Erinnerungen an zuckerfreie Apfelringe und Cola Light hängen.

Es ist ganz schön kompliziert, all die Mahlzeiten über den Tag verteilt einzuplanen. In der Klinik ist das Essen immer auf die Minute genau strukturiert. Das gibt es hier nicht, hier ist die freie Welt, und die Freiheit ängstigt mich ein wenig. Plötzlich ist es meine Entscheidung, wann ich esse, was ich esse. Es gibt niemanden, der mir das Essen auf den Teller legt und sagt, welche Menge gesund ist. Und manchmal frage ich mich, wie es vorher war, ich kann mich nicht an die Zeit erinnern, in der ich nebenbei essen konnte, ich kann mich nicht mehr erinnern, wie es war, als mir all das egal war, als meine Welt sich noch um andere Dinge drehte.

Im Internet, in dem ich frech einen Status kommentiere, als wäre es ganz normal, löse ich eine »Du bist wieder da!«-Welle aus, die ich in ihrer anfänglichen Euphorie schon ersticken muss.

Ich gehe raus, ein wenig Inlineskaten, weil ich das echt vermisst habe. Dann gibt es Mittagessen – ziemlich unportioniert, ich habe keine Ahnung, wie viel ich essen soll. Nach dem Mittagessen fahren Mama und ich ins Einkaufszentrum. Ich ergattere eine Hotpants, zwei Strumpfhosen, Duschgel, Nagellack und ein T-Shirt.

Im Café essen wir ein Stück Kuchen, dann fahren wir zu meiner ehemaligen Ernährungstherapeutin.

Sie war am Anfang der Essstörung meine Ernährungs-beraterin, später aber viel mehr als das. Während meiner Zeit im Krankenhaus besuchte sie mich alle zwei Tage. Sie schrieb mir Pläne, damit ich die letzten Tage zu Hause und nicht in der Geschlossenen verbringen durfte. Am Ende war sie meine Stütze, vielleicht die Einzige, der ich noch vertraute. Ich erinnere mich noch, wie sie bei mir im Krankenhaus saß, ich vorsichtig an meinem Fortimel nippend. Wie sie mich ansah und plötzlich die Frage in den Raum warf: »Sofia, willst du leben?« Und ich erinnere mich, wie ich sie anstarrte und keine Antwort wusste, wie ich es nicht schaffte, ein Ja über meine Lippen zu bringen, wo doch alles in mir Nein schrie. Sie war die Einzige, die diese Frage jemals stellte. Diese alles entscheidende Frage. Willst du leben? Alle hatten über meinen Kopf hinweg entschieden, mich am Leben zu erhalten. Und ich hatte mitgespielt, um es ihnen leichter zu machen. Ich hatte versucht, es ihnen nicht so schwer zu machen, und war dabei selbst immer leichter geworden. Eigentlich hatte ich mich längst aufgegeben. Wenn sie bei mir war, war es etwas anderes. Dann spürte ich irgendwo in mir einen Lebenswillen, den Wunsch, zu kämpfen. Vielleicht, weil sie mir bewies, dass ich noch etwas Liebenswertes an mir hatte, weil sie mich mochte, wo all meine Freunde mir nur noch zurückmeldeten, wie abwesend ich mich immer verhalten würde, wie anstrengend ich geworden war, seitdem ich so traurig war, wie sie die alte Sofia vermissten und die neue nicht haben wollten. Sogar Lehrer fragten mich manchmal, wo denn mein altes Ich geblieben wäre. Weil es doch so viel besser war, wie ich früher war.

Und heute treffe ich sie also wieder. Vor meiner Mutter laufe ich das schmale Treppenhaus der Frauenberatungsstelle hoch. Ich spüre, wie viel kräftiger ich geworden bin, die Stufen rauben mir nicht mehr den Atem. Sie steht in der Tür, so wie sie es immer tat. Jede Woche, die ich da gewesen war, und sie strahlt, so, wie sie immer strahlt, wärmt, wie sie immer schon gewärmt hat. Mama und ich folgen ihr in den großen, hellen Raum, den ich schon in- und auswendig kenne. Und so sitzen wir da und ich erzähle von mir und dem Essen. »Ich weiß gar nicht, wie ich so lange darauf verzichten konnte!«, sage ich abschließend lachend. Bei dem Satz verhaspeln sich die Worte in meinem Mund und stolpern über meine Lippen, ich hoffe, sie hat es nicht gemerkt. Aber in ihren Augen blitzt etwas auf, Unsicherheit. Und mir wird klar, dass sie weiß, dass alles nicht so echt und schön und einfach ist, wie ich es gerade darstelle. Aber sie schweigt, und dafür bin ich ihr dankbar. Ich hätte in dem Moment nicht hören können, dass ich mich nur selbst betrüge. »Du wirkst wie ein anderer Mensch, voller Lebensfreude. Das ist schön zu sehen«, sagt sie und lächelt mich an. Und irgendwo in mir macht mich das traurig, vielleicht auch ängstlich. Wenn man lebensfreudig, lebensmutig wird, muss man nicht mehr festgehalten werden. Ich will aber gerade nicht losgelassen werden. Ich habe so schreckliche Angst zu fallen.

Das Abendessen klappt gut, und beim Fernsehen esse ich noch die dritte Zwischenmahlzeit.

Ich habe es geschafft, aber dadurch, dass ich so frei bin, musste ich die ganze Zeit an das Essen denken, ich durfte es nicht vergessen, es stresste mich.

Du musst es neu erlernen, wenn du es verlernt hast. Es ist wie von vorne anfangen. Wie Medizin, die du einnimmst. Und trotzdem lernst du im Endeffekt nichts. In der Klinik lernte ich, meinem Körper nicht zu vertrauen. Ich lernte, dass ich essen muss, ganz nach Plan. Ich lernte, dass es samstags Kuchen gibt und sonntags Eis und freitags Laugenstangen. Ich lernte nicht, nach Hunger und Sättigung zu essen, ich lernte nicht, auf mich und meine Bedürfnisse zu hören. Dabei war es das, was ich am Dringendsten gebraucht hätte.

Sonntag

Ich ertrinke in meinem dunklen See

Sonntags ist in der Klinik Wiegetag. Und nun bin ich hier, zu Hause, gerade aufgestanden, die Waage lächelt mich an. Du darfst dich wiegen. Und weißt du, was das Schönste ist? Du kannst dich den ganzen Tag lang wiegen, du bist zu Hause, du bist frei. Einen Moment lächele ich über diesen Gedanken. Wie frei ich bin. Und plötzlich schiebt sich ein anderer dazwischen: So fühlt sich Freiheit an? Ist es frei, wenn ich im Bad festsitze, auf der Waage gefangen? Was bedeutet Freiheit, wenn du in dir selbst gefangen bist? Trotzig strecke ich der Waage die Zunge raus und gehe nach unten, ohne sie weiter zu beachten.

Nach dem Frühstück fahre ich zu Papa, der nicht weit entfernt wohnt. Die Jungs sind gestern Abend schon zu ihm gegangen und haben dort geschlafen. Wir spielen ein wenig *Rommé*, dann kochen und essen wir. Danach gehe ich wieder Inlineskaten, auch wenn ich Angst habe, mich jetzt zu viel zu bewegen – trotzdem habe ich die Bewegung vermisst. Es tut gut, ich brauche sie. Zum Nachtisch gibt es sonntags immer Eis, das verschiebe ich auf später, denn ich fahre in meine Nachbarstadt, wo ich ein paar Freunde aus meiner Schule treffe. Eigentlich wollte ich mit Jenna Eis essen gehen. Ein paar andere wollten noch mitkommen, erklärte sie mir. Daraus wurden dann acht Leute, die alle nicht darauf verzichten wollten, mich zu treffen, was ich irgendwie süß finde.

Wir treffen uns an der Eisdiele. Ich werde umarmt, ich werde angestrahlt, ehrliche Freude, mich zu sehen. Niemand fragt, wie es dort ist. Dahinten, dort. Auf der anderen Seite. Da drüben. Niemand nimmt den Begriff Klinik in den Mund. So, als hätten sie Angst, sich daran zu verbrennen, wenn sie dieses Wort nur aussprechen. Sie versuchen so zu tun, als wäre alles normal, was es nicht ist, und dessen sind wir uns alle bewusst. Eve umarmt mich immer mehr, sie hält mich fest, während wir gehen, und quengelt: »Warum musst du denn nach dem Wochenende zurück?« Ich lächele milde und erkläre, dass ich noch nicht entlassen bin, dass das nur ein sogenanntes Realitätstraining ist, dass ich danach noch in der Klinik aufarbeiten muss, was nicht gut gelaufen ist.

»Aber du isst doch dein Eis und so was.«

»Ja, aber so einfach ist das nicht.«

»Wie ist es dann?«

»Eve, komm mal, hast du das schon gesehen, hier auf meinem Handy?« Jenna rettet mich, ich werfe ihr einen dankbaren Blick zu. Wir laufen in den Park, klettern eine Mauer hoch. Ein Junge streckt mir seine Hand entgegen, ich nehme sie und er zieht mich mit Leichtigkeit einfach hoch, was mir irgendwie ein bisschen peinlich ist. Oben angekommen, laufen wir weiter, klettern über die nächste Mauer und kommen schließlich auf einer großen Wiese an. »War eine Abkürzung, sonst hätten wir außenrum gehen müssen«, erklärt Jenna und ich nicke bloß. Vor uns erstreckt sich ein riesiges Gerüst, auf dem ein paar Jugendliche Parcours machen – eigentlich ist es verboten, trotzdem wird es immer wieder dafür genutzt, die Sportart auszuüben, denn nirgends sonst kann man so gut klettern, springen und hangeln.

»Sofia, erinnerst du dich noch? Der Park, sechste Klasse?« Eve grinst mich an.

»Oh ja!« Ich lache. »Es hat in Strömen geregnet und wir sind hier durchgetanzt, ganz alleine, irgendwo im Hintergrund lief laute Musik – das war so toll, das werde ich nie vergessen.« Eve ist ein Mensch, der den Regen spürt, anstatt nur nass zu werden. Das verbindet uns irgendwie. Wir setzen uns auf die Wiese und beobachten die Menschen auf dem Gerüst eine Zeit lang. Zwischendurch schreit jemand erschrocken auf, weil wir sicher sind, dass es gleich einen Unfall geben wird – aber nichts passiert. Irgendwann lasse ich mich nach hinten auf die Wiese fallen und sehe den Wolken zu.

»Es ist schön, wieder hier zu sein«, sage ich.

»Dann bleib doch«, entgegnet Eve, die sich ebenfalls nach hinten fallengelassen hat.

»So einfach ist das doch nicht.« Gedankenverloren rupfe ich ein paar Grashalme aus der Wiese. »Auch wenn ich wünschte, es wäre so einfach.«

»Bleibst du noch lange da?«

»Ich denke nicht. Wahrscheinlich fahre ich schon in zwei Wochen ganz nach Hause. Dann war ich nur zwei Monate weg.«

»Nur ist gut. Kam mir ganz schön lang vor.« Ich sehe sie an. Sie hat ihre blonden Haare eine Nuance dunkler gefärbt, ansonsten sieht sie aus wie immer. Ihre pinke Bluse kenne ich gut, die trägt sie oft. Sie hingegen muss mich fremd finden, ich trage die neuen Hotpants, ein T-Shirt mit der Aufschrift *Live Life* und sicherlich sieht man mir die Zunahme deutlich an.

»Findest du … ich habe mich sehr verändert?«, frage ich deshalb vorsichtig nach.

»Du bist halt nicht mehr die, die wir kannten. Früher warst du so lustig und total verrückt und abgedreht, hast jeden Scheiß gemacht und …«

»Äußerlich, meinte ich.« Ich unterbreche sie, weil ich nicht hören möchte, dass ich früher besser war. Das ertrage ich gerade nicht.

»Ach so.« Eve faltet ihre Hände auf ihrem Bauch zusammen. »Nö, eigentlich siehst du genauso aus wie vorher. Abgesehen von den neuen Klamotten, hätte ja nie gedacht, dass ich dich mal in kurzen Hosen erlebe.«

Ich nicke. »Okay, dann ist ja gut. Sag mal, wie spät ist es eigentlich? Meine Mom holt mich gleich ab …« Ich werfe einen Blick auf ihre Armbanduhr und springe hektisch auf. Einen Moment dreht sich die Welt um mich herum, ich muss wirklich dran denken, langsamer aufzustehen, jetzt und hier ohnmächtig zu werden wäre wirklich peinlich.

»Dann lass uns mal zurückgehen«, schlägt Eve vor, steht ebenfalls auf und mobilisiert die Gruppe. Jenna greift meine Hand, als wir zurücklaufen, und lächelt mich an. Vielleicht haben sie den Platz für mich doch freigehalten. Vielleicht gehöre ich doch noch irgendwohin.

Meine Mutter wartet an der Ecke auf mich. Als ich in das Auto steige, fühle ich mich aufgedreht, glücklich, so, als würde ich wirklich leben. Ich erzähle ihr viel und rede dabei schnell und überstürzt. Aber dennoch spürte ich, dass meine Freunde anders mir gegenüber sind. Das war der Moment, in dem ich wieder klar fühlte, sie hinter mir gelassen zu haben, und das tat weh. Es ist, als wächst du mit deinen Freunden auf und plötzlich springst du weiter, während sie stehen bleiben. Und dann schaust du zurück und weißt nicht einmal mehr, an welcher Stelle du sie noch greifen kannst. Du siehst ihnen zu, wie sie die höchsten Berge erklimmen, während du selbst in deinem eigenen, dunklen See ertrinkst. In der Klinik sind die mir wichtigen Menschen so viel älter. Sechzehn, siebzehn, achtzehn. Ich komme mit den Älteren besser zurecht, und ich wünschte, meine Klasse, meine Freunde wären auch so, auch wenn ich nicht recht beschreiben kann, wie. Ich hätte gerne mehr Menschen, die sich mit mir über die wichtigen Dingen auseinandersetzen, auch wenn ich nicht weiß, was diese wichtigen Dinge sind. Vielleicht geht es um das wahre Leben. Mädchen, die mit mir über Sehnsüchte und Ängste sprechen, die in tiefe Gedankenwelten eindringen können, sind angenehmere Gesprächspartner als die, mit denen ich keine Anknüpfungspunkte mehr habe. Die über Jungen und Partys und Make-up sprechen wollen und mich nicht mehr wirklich erkennen können.

Am Abend besuche ich Ti. Ich klingel einfach überraschend an ihrer Tür, und als sie mich sieht, fällt sie mir um den Hals und strahlt.

Ti ist eine Grundschulfreundin, von der ich mich abwechselnd distanzierte und wieder näherte. Sie verletzte und stützte mich wieder, es war ein Tanz umeinander, es war Verschwiegenheit, wo Worte die einzige Chance gewesen wären, etwas zu ändern. Und irgendwann redeten wir über all das. Bei Ti kann ich ehrlich sein, und ich kann alles sein, was ich bin. Sie kennt jede Seite von mir, die lustige, die lebensfreudige, aber auch die traurige, die zweifelnde. Manchmal habe ich das Gefühl, sie spricht dieselbe Sprache wie ich, uns gehen die Worte nicht aus, sie schweben geradezu um uns herum und wir greifen danach, immer und immer wieder. Unsere Gespräche fließen dahin, bis spät in die Nacht, daran halte ich mich fest. Vielleicht sind das jene wichtigen Dinge. Aber was sind schon wichtige Dinge, ich glaube, sie ist mir wichtig, und nur das zählt.

Montag

Banale Wichtigkeiten

Papa hat mich heute Morgen wieder in die Klinik gebracht, damit wir danach direkt das Familiengespräch führen können. Ich bin ein bisschen erleichtert, wieder zurückzukommen, und das erschreckt mich. Es fühlt sich an, wie nach Hause kommen. Ich frage mich, wie ich in der kurzen Zeit so ein Zuhause finden konnte. Und, was daraus wird, wenn ich es verlasse. Donnerstag nächster Woche werde ich endgültig nach Hause fahren. Ich bleibe insgesamt nur acht Wochen. Für den vierundzwanzigsten März habe ich Konzertkarten, die ich zu Weihnachten geschenkt bekommen hatte. Ich werde mit Jenna zusammen hingehen – dafür muss ich natürlich wieder da sein. Und deshalb bleibe ich nur acht Wochen. Es war mein Termin, es war mein Datum. Ich habe es von Anfang an gesagt. Nicht mehr als acht Wochen. Beweise dich. Zeig, wie gut du bist. Schaff, was niemand schafft. Erhole dich in zwei Monaten vollkommen. Sei besonders, sogar in dem Gesundwerden. Zweifel nicht. Stolpere nicht. Falle nie. Ich kann es nicht erwarten, endlich wieder zu leben, und hier drin ist es nun mal nicht das Leben, das ich zu Hause habe. Es geht mir ja auch gut. Geht es dir gut? Alle sagten: »Wenn du es nicht schaffst, wer dann?« Sie glauben an mich, weil sie nicht in meinen Kopf sehen können. Würden sie in meinen Kopf sehen, sähen sie das ganze Chaos. Sie sähen unverbundene Gedankenstränge, die ich nicht zuordnen kann.

»Statistisch gesehen sind es die Menschen, die nur acht Wochen bleiben, die am Ende meist rückfällig werden«, sagte eine Essbetreuerin, die ich wirklich mag, einmal zu mir, als ich während des Abendessens darüber redete.

»Ja, aber ich glaube, ich kann das, ich fühle mich schon gut.« Glaube ich das wirklich?

Mit der Katze hatte ich schon ausgemacht, dass ich nach den acht Wochen gehe, vorausgesetzt natürlich, das Realitätstraining liefe gut. Das ist die kurzmöglichste Zeit, darunter gilt es als Abbruch, nur sechs Wochen lassen sie in manchen Ausnahmefällen noch zu.

Das Wochenende lief gut. Und manchmal wünschte ich, es wäre nicht so gewesen.

Beim Familienseminar rede ich mit meinem Vater über irgendwelche Dinge, banale Dinge, ich denke mir etwas aus, was mich nicht wirklich interessiert. Zwischendurch fällt es mir schwer, zu reden, weil ich den Tränen nahe bin. Ich weiß nicht genau, wieso, es ist womöglich dieses Gefühl, hier einfach über so belanglose Dinge zu reden, dieses Gefühl, dass die Katze mir nicht helfen kann, mich selbst zu verstehen. Ich spüre, dass es um etwas anderes geht. Etwas Tieferes. Wir schenken uns lächelnd ein paar Worte, ein bisschen Könnten-wir-vielleicht und Natürlich-machen-wir-das und Wenn-es-dich-glücklich-macht. Auf jeden Fall scheint es die Katze zu freuen, wie ich da sitze, mit mir kämpfe, wie meine Stimme abbricht und ich Tränen verschlucke. Meine Tränen beweisen ihr wohl, dass sie an der Stelle endlich einen wunden Punkt gefunden hat, etwas, das an mir irgendwie therapierbar ist. Wahrscheinlich denkt sie, das wäre es. Wahrscheinlich denkt sie, es gehe um meinen Vater, um ein wenig Planung und Wochenendgestaltung, darum, dass ich ihn am Wochenende spontan besuchen möchte, in welchem Zimmer ich schlafe. Ich brauche ein bisschen Privatsphäre, sage ich, ich will nicht mit den Jungs in einem Zimmer schlafen. Alles lässt sich einrichten, darüber kann man sprechen, natürlich, wenn es nur das ist. Ich bin froh, ihr das Gefühl zu geben, therapierbar zu sein, irgendwie angreifbar, ein einfacher Fall. Ich bin froh, sie glücklich machen zu können.

Nach dem Gespräch gehen er und ich noch in das nahe gelegene Café, wo ich eine Cola Light trinke und wir ein bisschen über das Gespräch reden, auch wenn es mir unangenehm ist. Er versucht, das alles in einem lockeren Plauderton zu halten, und ich beschließe, mich darauf einzulassen. »Hast du verstanden, was ich meinte?«, frage ich, und er sagt: »Natürlich, und wir kriegen das alles hin.« Ich weiß gar nicht genau, was das alles ist und ich weiß nicht mal genau, was wir jetzt alles so ausgemacht haben. Ich hab keine Ahnung wo ich hin will oder was ich möchte. Ich liebe die Klinik, die Menschen und das ganze Drumherum. Aber meine Therapeutin nervt mich.

Ich denke, dass alle Therapeuten so sind. Sie denken vielleicht, sie durchschauen dich, aber sie tun es nicht, sie verstehen dich nicht und sagen an den falschen Stellen: »Das kann ich gut verstehen.« Nur um dir das Gefühl zu geben, du würdest verstanden.

Aber das stimmt nicht. Es gibt tatsächlich wenige Ausnahmen, die anders sind. Ich nippe an meinem Glas Cola und sehe auf die Finger meines Vaters, die den Henkel der Kaffeetasse umschließen. »Papa«, setze ich schließlich an. Er blickt auf. »Du hast, na ja … du hast mich letztens so ausführlich über mein Gewicht befragt.«

»Ja, das stimmt.«

Ich nehme einen kleinen Schluck und halte ihn lange in meinem Mund, so lange, bis die Kohlensäure beinahe vollständig herausgespült ist. »Warum? Ich meine, warum … Warum hast du das mit den sechzig Kilo gesagt? Willst du mir noch Angst machen?« Meine Hände zittern, jetzt ist es raus, ich fühle mich ein wenig rebellisch, weil ich es ohne die Katze bespreche, es ist, als beweise ich mir, dass ich lebensfähig bin, ganz ohne Therapeutin, die nickend hinter mir steht.

»Oh Gott, wirklich nicht. Was für ein Unmensch wäre ich, dir Angst machen zu wollen. Aber ich habe Angst, Sofia.« Verwundert ziehe ich die Augenbrauen hoch. »Wie meinst du das?«

»Na ja, ich will mich wirklich nicht in die Therapien einmischen. Es ist dein Ding, was da geschieht, und wenn du nichts darüber erzählen willst, dann akzeptiere ich das total. Aber trotzdem sehe ich dich jede Woche, und, es tut mir leid, aber ich sehe keine Veränderung an dir. In der anderen Klinik, die bei Doktor Reif, weißt du …«

»Ja, ich weiß. Da wollten sie mich mit fünfundfünfzig erst entlassen.« Und hier, hier darf ich gehen, wann ich will. Hier entscheiden die Therapeuten mit den Patienten gemeinsam. Hier soll es darum gehen, gesund zu werden. Einundvierzigkommaneun, schießt in meinen Kopf. Dreizehnkommaeins Kilo, die ich noch zunehmen müsste, wäre ich dort, in der anderen Klinik.

Papa nickt nachdenklich. »Deshalb habe ich so genau nachgefragt. Ich weiß doch, dass du ungern über dein Gewicht sprichst. Deine Mutter vertraut den Ärzten, den Therapeuten, der Klinik. Ich sollte das auch tun. Weißt du Sofia, sie schützen dich, und das ist gut so. Sie verraten uns dein Gewicht nicht, sie sagen höchstens vorsichtig ›Es sieht gut aus‹ oder ›Tendenz steigend‹, du erzählst, was du alles isst. Das freut mich so sehr für dich, aber gleichzeitig frage ich mich, wenn du doch so viel erreichst, warum nicht bei deinem Gewicht?«

»Papa«, meine Stimme klingt plötzlich ganz leise, ganz zart. »Das sind immerhin über zweieinhalb Kilo.«

»Ja. Zweikommasechs, um genau zu sein. Das ist für,

ich sage mal in Anführungszeichen, normale Menschen, da ist das bloß eine Schwankung.«

»Für mich nicht.« Ich spüre plötzlich, wie mir Tränen in die Augen steigen. Für mich ist es mehr. Für mich sind es zweikommasechs, zweitausendsechshundert Gramm, wenn man es genau nimmt, für mich ist das viel. Mit der Cola schlucke ich das Weinen herunter, das langsam meinen Hals heraufklettert und begreife, dass ich ihm gerade aufzeige, wie krank ich eigentlich noch bin. »Du kannst wirklich stolz auf das sein, was du erreicht hast. Ich frage mich nur, wie es sein wird, wenn du wieder zu Hause bist. Du willst bald schon fahren. Wie wird es sein, wenn du dort weiter zunehmen musst. Fällt dir das auch noch so leicht, wenn du sechzig Kilo wiegst?«

»Ich weiß es nicht.«

»Ich glaube wirklich an dich und ich vertraue dir, aber natürlich habe ich Sorge, wir sind alle besorgt um dich.«

Ich nicke. Aus seiner Sicht muss mein Leichtsein so unglaublich schwer sein. Ich weiß, dass seine Fragen richtig sind, diese Frage, wäre es dir auch mit sechzig Kilo egal. Und doch wünschte ich, er würde nichts fragen, nichts anzweifeln, ich will mir selbst glauben, dass alles gut ist, ich will keinen, der diese Perfektion zerstört, das ertrage ich im Moment nicht. »Ich krieg das hin, Papa, ich krieg das schon irgendwie wieder hin.« Er nickt. »Daran habe ich nie gezweifelt.« Er streicht mir vorsichtig über meinen Handrücken und lächelt leicht. Schwarze Tropfen hängen in meinem Glas, ich beobachte sie, manche schaffen es nicht, manche fallen herunter, sie zerplatzen auf dem Boden. Manche schaffen es nicht, denke ich, immer und immer wieder. Ich werde den Gedanken nicht mehr los: Manche schaffen es nicht.

Mittwoch

Halte mir die Ohren zu und renn

Die Strenge wird die ganze Woche krank sein. Dabei habe ich noch so viele Fragen an sie, bevor ich endgültig nach Hause fahren darf. Ich habe wirklich Angst, in diese Welt hinauszugehen, diese schutzlose, kalte, schöne Welt. Natürlich freue ich mich. Aber ich habe hier alles zu lieben gelernt.

Morgens wache ich schon mit leichten Bauchschmerzen auf. Das ist nicht schlimm, ich ignoriere es.

Wenn man seinem Körper so lange die wichtige Nahrung vorenthalten hat, lernt man, gewisse Schmerzen auszuhalten. Man lernt, nicht mehr genau hinzuhören, denn der Körper könnte einem signalisieren, dass er nicht mehr kann, und das möchte man nicht wissen. Man ignoriert die Haare, die langsam immer mehr und mehr ausfallen, man ignoriert die Arme und Beine, die nachts so krampfen, dass man weinend aufschreckt, man ignoriert auch den Schwindel und das Magenknurren und sich selbst. Wenn man sich nicht gerade hasst, ist man sich selbst gegenüber gleichgültig eingestellt. Und so beginne ich meinen Tag ganz normal. Beim Essen spüre ich meinen Magen deutlich, er drückt, er krampft. Aber ich esse, ich esse tapfer jeden Bissen, weil ich nicht schwach sein will, nicht nachgeben will. Am Nachmittag muss ich mich hinlegen, aber es wird nicht besser. Ich versuche, logische Gründe für die Magenschmerzen zu finden, aber vielleicht bin ich bloß zu feige, den wahren Grund einzusehen. Wenn ich solche Schmerzen habe, passt mir etwas nicht. Es muss ein großer, allübergreifender Kummer sein, den ich nicht einsehe, eine existenzielle Sorge oder große Angst.

Aber ich will nicht daran denken, was es sein könnte, ich will gar nicht denken, ich will mir die Decke über den Kopf ziehen und so tun, als wäre ich absolut gesund und alles wäre gut. Ich will, dass mein Weg ein einfacher, schneller Weg ist, ich will wieder leben. Es soll keine Sorgen mehr geben, ich bin doch noch jung. Ich will so leben wie alle meine Freunde, unbeschwert und frei und grenzenlos. Deshalb hole ich mir eine Wärmflasche, lege sie auf meinen Bauch und befehle ihm, Ruhe zu geben. Lebe den Tag, wie es von mir verlangt wird. Wie ich es von mir verlange.

Und dabei wünsche ich mir eigentlich so sehr, ich hätte mir nur einen Moment zugehört.

Donnerstag

Ein einziger Riss

Ich gehe mit der Wärmflasche zu der Katze, meine Bauchschmerzen werden einfach nicht besser. Sie fragt, wieso ich nicht zu der Ärztin gehe.

»Ich möchte nicht, dass sie mir Schonkost verschreibt«, erkläre ich. Es hat für mich etwas Schwaches. Schonkost holen sich die Mädchen, die nicht mehr können, all jene die vortäuschen, Bauchschmerzen zu haben, um die Sahne und die Schokolade nicht mehr essen zu müssen.

»Aber wäre es nicht ein Fortschritt, wenn du auf deine Bedürfnisse hörst? Du würdest deinem Körper etwas

Gutes tun, wenn du zum Arzt gehst. Und so schnell gibt sie dir sicherlich keine Schonkost«, versucht die Katze mich zu überzeugen.

»Mal sehen«, murmele ich bloß.

In der Gestaltungstherapie bekommen wir Ton. Wir sollen etwas zum Thema Wut formen. Einen Moment denke ich nach. Da fangen meine Hände plötzlich von selbst an, zu arbeiten. Sie formen eine kleine Kugel, die in eine größere hineingelegt wird. Die Größere umschließt sie vollkommen, sodass die kleinere darin nicht mehr sichtbar ist.

»Das ist deine Wut, diese Kugel?«, fragt Frau Frühling mich am Ende der Stunde.

»Nein«, antworte ich. »Meine Wut ist da drin versteckt, eine kleinere Kugel. Meine Wut ist der kleine Ball, der darin immer wieder gegen die Mauern schlägt und schmerzhafte Risse ins Innere reißt, aber nie, niemals ausbrechen wird.«

»Es sei denn«, wendet sie ein, »du würdest die äußere Kugel ein wenig aufschneiden, der Wut Platz lassen.«

Ich nicke nachdenklich. »Ja, aber ich weiß nicht, wozu diese Kugel darin fähig ist. Sie könnte Menschen an den Kopf geschleudert werden und sie verletzen. Ich habe sie so besser unter Kontrolle«, entgegne ich dann.

»Und trotzdem zerstört sie dich, wenn sie nur in dir drin wütet«, stellt Frau Frühling fest. Was macht es schon, wenn ich zerstört werde. »Solange man die Risse nach außen hin nicht sieht, ist es okay.« Einen Moment sagt keiner etwas. »Und man sieht die Risse nach außen hin nicht?«, fragt sie schließlich leise. Ich starre auf meine dürren Finger, Streichholzfinger, sagte Oma, auf mein Handgelenk, das sich spitz durch meine Haut bohrt, ich starre auf das Zittern und die dünnen Adern, die blaue, kalte Haut. Und zucke die Schultern. Sieh dich an. Du bist ein einziger Riss.

Freitag

Herzenswärme

Heute Morgen wog ich dreiundvierzigkommaeins, habe also nur hundert Gramm in vier Tagen zugenommen, was mich ein wenig erleichtert. Über das Realitätstraining hatte ich mehr zugenommen. Manchmal ängstigt es mich noch. Ich habe Angst, wieder normal zu sein, weil die Menschen dann nicht mehr vorsichtig mit mir umgehen. Einerseits hasse ich diese Vorsicht, ich hasse dieses um den heißen Brei herum reden, ich hasse dieses: Sie ist krank, lasst sie. Andererseits will ich keine verletzenden

Kommentare zu meinem Körper hören. Ich will nicht, dass irgendjemand Bemerkungen macht, weil jedes einzelne Wort mich so sehr trifft, mich zusammenbrechen lässt. Durch die Essstörung wurden sie vorsichtig mit mir. Und es tat so gut, nicht mehr verletzt zu werden. Es tat so gut, sich halten zu lassen, nicht mehr mit Anfeindungen rechnen zu müssen.

Am Abend gehe ich mit Bianca los, wir bringen Nadine zum Bahnhof. Sie fährt zu ihrem Realitätstraining. Am Bahnhof drücke ich sie und wünsche ihr viel Glück. Sie ist mir ans Herz gewachsen. Mit Bianca schlendere ich zurück.

Bianca war mir am Anfang unsympathisch. Sie lächelte nie. Sie war zickig. Sie war eigen. Ich verstand nicht, wieso sie sich so gut mit der lebensfrohen Veronika verstand. Wenn sie meinen Namen aussprach, klang es für mich verächtlich. Vielleicht erinnerte sie mich an jemanden, ja, das tat sie, und deshalb war da diese riesige Schlucht zwischen uns. Aber dann lernte ich Bianca kennen. Bianca, die verletzliche, die traurige. Wie sie in der Gestaltungstherapie weinte, weil sie einen Strich daneben zeichnete. Wie sie über ihren Schulaufgaben weinte, weil sie die Aufgabe nicht auf Anhieb verstand, wie sie sich selbst als dumm beschimpfte. Da tat sie mir leid, denn ich begriff: Ihr größter Feind ist sie selbst. Ich begriff: Das, was man außen an ihr sieht, ist nur noch Essstörung. Innerlich ist sie wunderschön. Aber sie leidet offensichtlich unter ihrem ständigen Perfektionismus, unter ihrem eigenen Druck, ihrer ständigen Angst zu versagen. Und dann war da diese eine Situation in der Gestaltungstherapie. Ich beobachtete ihre Hände, wie sie mit Acrylfarben versuchten, ein perfektes Bild zu malen. Ich beobachtete ihren konzentrierten Gesichtsausdruck. Sie nahm den Pinsel zum Wasser – und ein kleiner, roter Tropfen fiel. Außerhalb der Linie. Ich musste an die Malbücher denken, die wir als Kinder immer bekommen hatten. Und wie wir schon früh gelernt hatten, nur innerhalb der vorgegebenen Linien auszumalen. Und dass das vielleicht unser Problem ist, irgendwie. Als der Tropfen daneben fiel war es, als hielte die Welt einen Moment inne. Dann fing Bianca an zu lachen, sie lachte und malte immer mehr Tropfen. Sie durchbrach die Linie, die sie schon viel zu lange gefangen gehalten hatte. Das war ein schöner, ein bezaubernder Moment.

Während wir zurück zur Klinik laufen, beschließen wir noch spontan, etwas für heute Abend zum Essen zu kaufen.

»Was isst du denn eigentlich so richtig gerne?«, will Bianca wissen.

»Mmh, um ehrlich zu sein, ich liebe alles vom Bäcker. Und wenn es nur ein trockenes Brötchen ist. Allein der Geruch der Bäckerei zieht mich soo an …«, gebe ich zu.

»Ehrlich?« Bianca lacht.

»Ja, das ist mein Ernst! Kennst du das nicht, diesen Geruch nach vertrauter Wärme? Einfach ein frisches Brötchen, eine Laugenstange, ein …« Ich halte einen Moment inne. »Ein Croissant.« Croissants. Ich hatte mir nichts sehnlicher gewünscht, als endlich wieder eines essen zu können. In der gesamten Essstörungszeit wollte ich wieder ein Croissant essen dürfen. Ich hatte mir vorgestellt, mir eines zu kaufen und abzuhauen. Dann könnte ich drei Tage fasten, nur Wasser zu mir nehmen, und danach ohne schlechtes Gewissen eins essen. Vielleicht schaffe ich es irgendwann wieder. Vielleicht kann ich meine Angst davor überwinden. Bianca sieht mich mit schräg gelegtem Kopf an. »Nee, nee«, grinst sie, »Nichts geht über Schoki! Aber weißt du was? Ein bisschen Abwechslung ist auch in Ordnung!« Wir lachen und schlendern eingehakt zur Bäckerei, wo sie sich eine Müslistange, ich mir eine Waffel kaufe. Abends beim Film greifen wir in unsere Papiertüten und ziehen das Ergatterte heraus, essen unser Gebäck, ganz ohne schlechtes Gewissen. Auf dem gemütlich warmen Sofa sitzen wir da, eng aneinander gelehnt. Ich bin so froh, sie wirklich kennengelernt zu haben.

Sonntag

Beweisessen

Gestern wollte ich mich eigentlich bei der Reitlehrerin verabschieden und ein letztes Mal reiten gehen. Sie war wichtig für meine Entwicklung hier, auch wenn sie das bis heute nicht weiß. Aber leider war sie krank. Ich hatte meinen Eltern schon gesagt, dass sie nicht kommen sollten. Weil es dann nichts zu tun gab, ging ich mit den anderen mit, die einen Ausflug ins Eiscafé machten. Wir saßen da und ich bestellte mir einfach einen Becher. Groß, mit Vanilleeis, Schokosauce, einer Banane und einer Waffel. Bloß die Sahne bestellte ich ab, aber ich meine, das Ganze war außerhalb dem, was ich essen musste, und es machte mich schon stolz. Eine Dreiviertelstunde später gab es Abendessen, was ich natürlich nicht mehr ganz schaffte, aber das lag nicht an den Kalorien, sondern einfach daran, dass ich satt war. Und das ist doch gut: Ich habe auf ein realistisches Hungergefühl gehört.

Es ist alles stressig. In vier Tagen werde ich nach Hause fahren, es gibt so viel zu tun! Da sind Tausende Erinnerungen, die ich fertigstellen möchte, all die Szenen, die ich aufschreibe, an die ich mich erinnern möchte, da sind so viele Menschen, bei denen ich mich bedanken will.

Aber heute holt mich erst einmal mein Vater ab. Ich habe eine Mahlzeitbefreiung bekommen. Das heißt, wir gehen essen. Papa, seine Freundin und ich. Sie holen mich ab, wir gehen zu Fuß zum Griechen.

Ich fühle mich wie bei einem Test. Niemand spricht es aus. Aber ich will es ihnen zeigen. Ich will zeigen, dass ich essen kann. Fast ist es ein: »Habt keine Angst, nehmt mich mit nach Hause, ich kann essen.«

Als wolle ich allen beweisen, wie gut es mir geht. Ich will gerne leben, aber in mir ist so viel unklar. Ich weiß nicht, wie es zu all dem kam. Ich weiß nicht, wie ich mit meinen Freunden umgehen soll, die mir so fremd geworden sind. Ich weiß nicht, wie ich mit mir umgehen soll. Aber all das steht unter dem Schatten des Essens. Wenn ich nur wieder essen kann, wissen sie, dass es mir gut geht. Und den Rest werde ich mit mir ausmachen. Ich werde sie nichts mehr von mir spüren lassen, weil sie schon genug gelitten haben, weil ich sie aus meinem Chaos raushalten möchte. Ich dachte früher, ich schütze sie vor mir, damit sie sich keine Sorgen machen. Aber die Wahrheit ist: Ich schütze mich selbst vor ihrer Sorge. Denn wenn du dir selbst nichts wert bist, dann ist es schwer hinzunehmen, dass sie dich lieben. Es ist schwer, ein *Ich denk an dich* zu lesen, ein *Ich hab dich lieb* zu ertragen. Wenn du dich selbst so sehr hasst, dann passt es einfach nicht, dass andere dich trotzdem lieben. Aber es ist eine wichtige Erfahrung, vielleicht ist es dein einziger Halt in solch einer Zeit. Zu spüren, dass Liebe vollkommen bedingungslos sein kann.

Dienstag

Verzweifelte Schreie

Was für ein Tag! Ich bin ziemlich im Stress. Renne vom Frühstück zu der Strengen, von der Strengen zum Essen, vom Essen zur Gruppe. Auf der Treppe zwischen Rennen und Fallen mache ich mir Notizen, um den nächsten Termin vorzubereiten. Ich bitte Leute, mir Erinnerungen zu schenken, ich gebe ein Poesiealbum herum. Meine Hände zittern, als ich mit der Strengen bespreche, wie ich zu Hause und in der Schule essen kann.

»In die Schule solltest du dir dann am besten zwei Brote mitnehmen ...« *Man kann sein Brot auch wegschmeißen, in der Schule.*

»Sei still!«

»Bitte was?« Irritiert sieht die Strenge mich an.

»Nichts.«

Nichts, ich hab nur irgendwas in mir, irgendetwas Schwarzes, Großes, etwas, das gerade einfach nicht schweigen will. Kann ich mal einen Moment raus und hüpfen und springen und den Kopf gegen die Wand schlagen? Darf ich mal eben verzweifeln, weinen und kaputtgehen?

»Also, dann zwei Brote vormittags in der Schule ...«

»Genau. Wie könntest du das in den Pausen am besten aufteilen?«

Der Tag fliegt an mir vorbei. Ich gehe zur Einzel- und zur Gruppentherapie, ich decke den Tisch und esse, ich schreibe Listen und verpacke Erinnerungen.

Und dann gehe ich ein letztes Mal zur Körpertherapie. In der letzten Stunde dürfen wir uns eine bestimmte Übung wünschen, die wir dann am Ende der Stunde machen. »Sofia, hast du einen besonderen Wunsch?«, will die Warme wissen. Ich muss nicht lange nachdenken.

»Es gibt ein Video auf Youtube, über Körpertherapie, ich weiß nicht mehr, wie es hieß. Aber da gab es eine Übung mit Gymnastikbällen ...« Die Warme legt den Kopf schräg und sieht mich fragend an.

»Ja, stimmt!«, kommt mir Mareike zur Hilfe. »Das Video habe ich auch gesehen! Da schleudern sie sich Bälle entgegen und schreien dabei. Das sah toll aus!« Ich nicke eifrig.

»Ach, ich glaube, ich weiß, welche Übung ihr meint. Na gut, das können wir machen!« Die Warme steht auf und schließt den Materialraum auf, wirft die Gymnastikbälle heraus. »Ihr tut euch bitte zu zweit zusammen. Wichtig ist, dass ihr wirklich Übungssituation vom Realen trennt. Euer Gegenüber wird etwas schreien und den Ball vor sich auf den Boden schmeißen, sodass er abspringt und ihr ihn wieder auffangt. Dabei geht alles, was ihr ruft, an den Boden und nicht an euer Gegenüber. Auch, wenn es Beleidigungen sind, gelten sie niemals euch. Wenn ihr das Gefühl habt, es wird euch zu viel und ihr könnt das nicht mehr, sagt ihr sofort Stopp. Es ist eine sehr schwierige Übung, und es macht gar nichts, wenn jemand von euch diese abbricht. Am leichtesten ist es, wenn ihr mit einem einfachen Schrei oder einem Nein beginnt. Ihr könnt aber später all das schreien, was euch gerade durch den Kopf geht. Soweit alles verstanden?« Wir nicken, Mareike und ich greifen nach einem roten Ball und stellen uns etwa sieben Meter voneinander entfernt auf.

»Bereit?«, fragt sie. Ich nicke. Sanft wirft sie den Ball in die Mitte, er trifft auf, springt drei, vier Mal zu mir hinüber. Ich ziehe eine Augenbraue hoch. »War das alles?«, necke ich sie.

»Versuch du doch mal, dich anzuschreien, wenn du da so süß stehst!«, verteidigt sie sich.

Ich muss grinsen. »Okay, pass auf …« Mein Ball trifft deutlich härter in die Mitte, aber den geforderten Schrei verstecke ich gekonnt hinter einem Hustenanfall. Auch die anderen Mädchen finden nicht den Mut, wirklich zu schreien. Wir sind alle gefangen in unserer Stille, unfähig aus den Mustern herauszubrechen, unfähig, unser Schweigen zu brechen. »Ihr dürft ruhig alles schreien, was euch einfällt«, ermutigt uns die Warme. Da kommt mir eine Idee. Den nächsten Ball schleudere ich mit voller Wucht auf den Boden. »Gänseblümchen!«, schreie ich laut heraus. Mareike sieht mich verwundert an und bricht dann in Lachen aus. Erst nach ein paar Minuten schafft sie es, sich wieder einzukriegen. »Löwenzahn!«, ruft sie und wirft den Ball in meine Richtung. Die anderen sehen uns erstaunt an, während wir uns mit voller Wucht Nelken, Narzissen, Tulpen und Osterglocken um die Ohren hauen. Natürlich verliere ich das Duell, meine Blumenkenntnisse sind nicht besonders groß. Aber das »Nein«, das ich automatisch schreie, weil mir nichts mehr einfallen will, spritzt nur so aus meinem Mund. »Doch!«, kommt es von Mareike ohne Zögern zurück.

»Blöde Kuh!«, kreische ich.

»Zicke!«, schreit sie.

»Scheiße!«, werfe ich ihr zu. Sie hält den Ball einen Moment zu lange in der Hand. Und dann knallt er mit solcher Wucht auf den Boden, dass der Raum erzittert. »VERFICKTE ESSSTÖRUNG.« Ich grinse.

»LASS MICH IN RUHE!«

»ICH WILL LEBEN!«

»ICH WILL FREI SEIN!«

»SUCH DIR JEMAND ANDEREN!«

»DU BIST ES NICHT WERT!«

»DU DUMMES STÜCK!«

»DU STÜCK SCHEISSE!«

Und wieder und wieder erfährt der Ball all unsere Wut über die verlorenen Monate, über die Traurigkeit und Ängste, über all das, was die Essstörung uns beschert hat.

Abends sitze ich in meinem Zimmer, starre in die Dunkelheit der Nacht und komme das erste Mal zur Ruhe. Nadines sanfter Atem, der sich hebt und senkt. Sie ist so schön, wenn sie schläft, sieht aus, als hätte sie ihren Frieden mit sich gefunden. Ich habe Angst. Und ich freue mich. Alles verschwimmt vor meinen Augen, ich muss schlafen. Mich zerkaut die Angst vor der Zukunft, mich zerkauen die Gedanken in meinem Kopf, ich wünschte, mich würde jemand in den Arm nehmen, mich würde jemand an die Hand nehmen, ich wünschte, ich wäre gerade nicht so furchtbar allein mit mir. Was wird geschehen, wie stark werde ich sein, wie kann ich diese Klinik verlassen, was nehme ich mit?

In dem Moment kommt mir DIE Idee für morgen Abend, für meinen letzten Abend. Ein leichtes Lächeln auf den Lippen, weil ich mich bei dem Gedanken daran so lebendig fühle. Das wird ein Spaß.

Mittwoch

Ausbruch

Ich sitze am Schreibtisch und schreibe einen langen Brief. Er ist voller Liebe, Wärme und Hoffnung:

Liebe Sofia!
Ich sitze hier und starre in die Dunkelheit. Das Licht der Schreibtischlampe ist heller als zu Hause. Insgesamt sind die Lichter hier heller, denke ich. Weißt du, die meisten meiner Worte entstehen zwischen Verzweiflung und Angst, sie sind

Küsse zwischen Sehnsucht und Tränen, alles, was ich niemals halten kann, doch für den Moment sind sie mir so nah, vielleicht viel näher, als ich es je gewollt habe. Und deshalb schenke ich sie dir. Es sind deine, Sofia. Es sind die Worte, die die Klinik-Sofia an die gesunde Sofia schickt. An die, die mit ihren Freundinnen Pizza essen geht, an die, die wirklich lebt. Bitte verliere dich nicht mehr. Es tut so weh, sich zu verlieren, und ich habe Angst, dass du es noch einmal tust. Lass dich auffangen, wenn du fällst, sonst fällst du womöglich zu tief. Ich weiß nicht, wie es dir geht, wenn du zu Hause sitzt und meinen Brief bekommst. Ich hoffe, du kommst klar. Ich hoffe, du vergisst nicht, zu essen. Weil du es brauchst, weißt du? Ich denke, ich will, dass du existierst. Endlich und das erste Mal wünsche ich mir, dass es dich gibt, dass es dieses Zukunfts-Ich gibt. Ich liebe dich schon jetzt, meine Zukunft, auch wenn du dich selbst in dem Moment, in dem du das liest, vielleicht nicht mehr lieben kannst. Wenn du den Brief in den Händen hältst, wirst du dich vielleicht noch an mich erinnern. Auf deiner Haut werden Tintenflecken daran erinnern, wie du geschrieben hast. Weißt du, manchmal überlege ich, was ich jetzt tun könnte, wenn ich frei wäre. Vielleicht würde ich einen Rucksack nehmen, mit ein paar Worten, ein wenig Hoffnung und einer Prise Kraft. Und dann würde ich die Bahnschienen entlang balancieren. Immer weiter, der Sonne entgegen. Ich würde nicht stehen bleiben, weißt du? Ich würde nie stehen blei-

ben. Was ist mit dir? Träumst du, Sofia? Vergiss nicht, dass du davon lebst. Vergiss nicht, dass du eine Träumerin sein darfst, dass du Sehnsucht und Melancholie in dir spüren darfst. Vergiss nicht, wer du bist. Finde dich, okay? Finde dich einfach irgendwo, finde dich so lange, bis du fertig bist, dich zu suchen. Brich aus all deinen Mustern heraus und bleibe stark. Denk daran, was du nicht wieder erleben willst. Ich glaub an dich. Und wenn du traurig bist, dann nimm diesen Brief. Dann denk an mich, denk an die kleine Sofia, die in der Klinik sitzt und sehnsüchtig in die Ferne starrt. Schließ sie in die Arme und beweise ihr, dass du weißt, wie man lebt.

In Liebe,
Deine Sofia

Gegen zehn Uhr lege ich mich angezogen unter die Decke, stelle mich schlafend, als die Nachtschwester reinkommt. Ich warte fünf Minuten, um sicher zu sein, dass sie ihre Runde über die Station beendet hat. Nadine liegt in ihrem Bett und schläft. Einen Moment halte ich inne, betrachte sie. Ihre Wangenknochen zeichnen sich noch deutlich unter ihrer fahlen Haut ab. Mit jedem Atemzug sehe ich, wie sich ihre Brust ein wenig hebt und wieder senkt. Ich denke an all die Dinge, die sie erlebt hat, die Dinge, die ihr Herz nicht mehr aushalten konnte, bis sie sich auf der Intensivstation fand. Ihre Zwillingsschwester, ebenfalls magersüchtig, ihre Mutter, Bulimikerin, eine ganze Familie, die das Essen verlernt oder nie wirklich erlernt hat. Wie soll ein kleines Kinderherz all den Schmerz ertragen, wie soll es denn nicht aufhören zu schlagen? Wenn man genau hinsieht, erkennt man noch die Krusten in ihrer Nase, dort, wo die Magensonde lag, die sie sich herausriss, immer und immer wieder. Ich will, dass sie ankommt, denke ich, ich will, dass jemand sie in den Arm nimmt und dass sie das ganze Leben entdeckt, nicht nur die Zimmerwände der Kliniken und Krankenhäuser. Diese Wände hier, die mit so viel Leben gefüllt wurden, Plakaten, Fotos, Tierbildern, diese Wände, die so viele Geheimnisse kennen, die Tausende von Mädchen gesehen haben, junge Mädchen, an einem Tiefpunkt angelangt, junge Mädchen, mit und um ihr Leben kämpfend. So betrachten diese Wände nun mich, wie ich vor der schlafenden Nadine stehe und mich frage, wird alles wieder gut, wird sie wieder ganz oder bleiben hier vielleicht alle ein wenig zerbrochen, solange unsere Spuren noch nicht ganz verwischt sind?

. Als ihre Mutter sie zum ersten Mal besuchte, lächelte sie mich müde an, tiefe Falten um ihre Augen. Ich lächelte zurück, dieselbe Traurigkeit in meinen Augen. »Ist Nadine wenigstens ordentlich?«, fragte sie. Ich nickte. »Ordentlicher als ich, aber das ist nicht so schwer.« Die kleine Blume, die Nadines Mutter mir einmal mitbrachte, ist schon eingepackt. Sie stand immer neben meinem Bett und erinnerte mich daran, aufzupassen. Auf mich, auf Nadine und auf all die anderen Blumen, die ich in den letzten Monaten übersehen hatte. Ich streife mir Jacke und Schuhe über, stecke den Kopf zur Tür hinaus, überprüfe, dass ich meinen Schlüssel habe und verlasse das Zimmer. Auf dem Flur ist es still, seltsam leer, meine Schritte sind zu laut, hallen wider, über den Gang, durch das Treppenhaus. Ich verlasse das Gebäude durch die Seitentür und muss ein Lachen unterdrücken, als die Kälte in mein Gesicht schlägt.

Die Luft riecht nach Nacht, ich inhaliere sie, will jeden Moment festhalten. Meine sicheren Schritte auf dem Asphalt, ich überquere die Straße, öffne feierlich den Briefkasten und werfe den Brief an mich hinein. Eine leichte Gänsehaut überkommt mich, ein Frösteln. Vielleicht habe ich Angst. Vielleicht will ich es mir nicht eingestehen. Meine Beine tragen mich weiter, an der Häuserreihe vorbei, in den kleinen Park. Grasflächen breiten sich zu meiner Rechten aus, von einem Weg getrennt. Ich gehe ihn. Mitten hindurch. Vielleicht hat es etwas mit Wichtigkeit zu tun, mit der Gewichtigkeit, die man sich selbst zuspricht. Bin ich gewichtig genug, durch die Mitte zu gehen? Mich nicht mehr an den Rand zu pressen? Darf ich sein, was ich bin? Mitten auf dem Platz bleibe ich stehen, die Grasflächen um mich herum. Ich klettere auf den Betonklotz, der die Mitte des Parks definiert, strecke die Arme den Sternen entgegen und lache mich frei. Alles hier ist so vertraut, ich habe Angst, es zu verlassen. Aber ich habe meine eigene Art, mich von der Umgebung zu verabschieden, eine schöne Art. Ich lasse alle kleinen Details bewusst zu mir strömen, versuche, all die Dinge festzuhalten. Plötzlich nehme ich Musik wahr, gedämpften Bass, Lichterexplosionen. Interessiert folge ich dem Klang. Mein Schatten vor mir wird immer länger, ein Kaninchen hoppelt quer hindurch. Bunte Lichter tanzen rechts von mir. Ich hatte die Disco vorher nie bemerkt, schließlich war dort tagsüber nichts los. Aber jetzt steht sie hier, und in ihr pulsiert die Zeit. In mir wächst diese unglaubliche Lust zu tanzen, diese Lust zu leben, mich frei und lebendig zu fühlen. Aber vor der Tür, wie hätte es auch anders sein können: ein Türsteher. Ich drehe um, bevor er mich wirklich ansehen kann, und laufe schnell weiter. Du solltest sowieso in der Klinik sein, was machst du hier eigentlich? Gott, Mädchen! Ich bin lebendig. Also drehe ich mich wieder um. Und laufe zur Disco zurück. Der Türsteher bemerkt mich. Augenaufschlag, umwerfendes Lächeln, kann ich bitte, darf ich, habe keinen Ausweis – man kennt das ja. Der muskelbepackte Mann mustert mich mit verschränkten Armen. »Du bist doch nicht älter als siebzehn! Sorry, aber du brauchst schon einen

Ausweis«, grummelt er. Nicken, grinsen, okay, er hat mich auf siebzehn geschätzt, mein Gott bin ich erwachsen. Ich komme nicht auf die Idee, dass er bloß nicht so unhöflich sein wollte, zu lachen – ein vierzehnjähriges Mädchen ohne Busen, ohne jegliche Kurven, ungeschminkt und ein bisschen müde, das schätzt man nicht auf siebzehn. Auf dem Rückweg bekomme ich einen Lachkrampf. Wie verrückt ich bin. Aber ich lebe. Ich bin lebendig. Einen Moment stelle ich mir vor, wie mich drei Nachtschwestern gleich mit verschränkten Armen vor der Tür erwarten. Aber was soll schon passieren? Im schlimmsten Fall schmeißen sie mich morgen raus und damit komme ich dann klar. Wie schön leicht das Leben sein kann, wie frei, wie unendlich.

Donnerstag

Abfahrt

Meine Koffer sind gepackt. Vor dem Frühstück lege ich jedem Mädchen noch ein kleines Herzchen vor die Tür. Darauf habe ich Kurt Cobains Zitat *I'd rather be hated for who I am, then loved for who I'm not* geschrieben. Ich finde, das passt zu dem Konflikt, der Zerrissenheit und dem Selbstfindungsprozess, durch den wir hier mehr oder weniger alle durchmüssen. Bei den Leuten aus meiner Gruppe habe ich noch jeweils etwas Individuelles dazugeschrieben. Im Plenum, also unten in dem großen Raum, trifft sich einmal die Woche die ganze Klinik. Es werden Regeln und Neuerungen besprochen, die Neuen werden begrüßt und die Alten verabschiedet. Heute bin ich dran, mich vor alle zu stellen, mich zu verabschieden. Manche halten eine Rede, manche sagen nur ein paar Worte oder brechen in Tränen aus. Als Marika *Beautiful* vor der gesamten Klinik sang, habe ich den Chef der Klinik beobachtet. Er wischte sich eine Träne aus dem Auge. Und nun stehe ich hier vorne. Gestern Abend fielen mir plötzlich Worte ein. Ich hatte mir vorher nicht groß Gedanken über die Rede gemacht, aber jetzt, wo ich vorne stehe, weiß ich, dass es die richtigen Worte sind:

»Wie sicher viele, die mich hier kennengelernt haben, bestätigen können, bin ich ein sehr chaotischer Mensch. Ich verlege und verliere ständig alles, meinen Schlüssel, mein Geld, meine Stifte. Aber vor ein paar Monaten ist es passiert, da habe ich etwas viel Wertvolleres verloren als bloß ein Handy oder einen Schlüssel. Ich habe das Vertrauen in mich und meinen Körper, meine realistische Sicht auf manche Dinge und vor allem mein Lachen verloren. Mein Lachen fehlte mir am meisten, doch ich konnte es nicht mehr finden.

Ich danke den Ärzten und Therapeuten, dass sie mir bei der Suche nach dem Vertrauen in mich selbst geholfen haben, dass sie meinen Blick behutsam wieder in die richtige Richtung gelenkt haben. Außerdem möchte ich noch der Gruppe 7 und 9 danken, vor allem aber den Menschen, die mir hier so wichtig geworden sind: Bianca, Mareike, Nadine – und Veronika und Lena, die schon gefahren sind. Dankeschön, dass ihr mir geholfen habt, mein Lächeln wiederzufinden. Ich hatte es wirklich vermisst, und ich verspreche euch, ich werde ab jetzt besser darauf aufpassen!«

Auf wackeligen Beinen gehe ich zurück zu den anderen Mädchen. Mareike schließt mich in die Arme. Sie weint ein paar stumme Tränen und flüstert, wie wunderschön ich das gesagt hätte.

Die letzte Zwischenmahlzeit in der Gruppe.

»Was machst du, wenn du zu Hause bist?«, fragt Schneewittchen, die heute glücklicherweise Dienst hat.

»Ich freue mich erst einmal über die Wände!«, erkläre ich. »Die Wände?«, hakt sie nach und sieht mich verdutzt an. »Ja, meine Wände zu Hause sind echt netter. Die Wände hier, die reden, ist dir das noch nie aufgefallen?« Die anderen kichern. »Und die Wände greifen mich hier

an, sie hassen mich, in der Nacht wollten sie mich töten!«
Bianca verschluckt sich vor Lachen an ihrem Tee.

»Das ist gar nicht witzig!«, ruft Schneewittchen aus.
»Hast du das den Therapeuten erzählt?« Ich senke die
Stimme geheimnisvoll. »Das geht nicht«, raune ich, »dafür würden die Wände mich nicht am Leben lassen. Aber
es ist okay. Die Wände im Bad sind okay, die haben mich
beschützt. Ich habe dann immer im Bad geschlafen.« Nadine nickt. »Ganz schlimm, jede Nacht im Bad …« Dann
können wir uns alle nicht mehr halten und prusten los.
Ich bin schon fertig mit meinem Joghurt. Huch. Dass
ich gerade esse, war mir nicht wirklich bewusst gewesen.

»Sofia, komm mal bitte kurz raus.« Schneewittchen
steht auf und geht vor die Tür.

»Leute, das gibt Ärger«, flüstere ich. »Die wird mir
jetzt sagen, dass das alles nicht lustig ist und mich an-
motzen …« »Nein«, kichern die anderen, »die packt dich
in eine Zwangsjacke und sperrt dich ein!« Ich grinse und
folge Schneewittchen. Sie sieht mir fest in die Augen und
legt ihre Hände auf meine Schultern.

»Als du hier ankamst«, sagt sie eindringlich, »warst du
immer nur traurig. Du warst grau, still und niedergeschla-
gen. Und jetzt sitzt du hier am letzten Tag und unterhältst
den gesamten Raum. Sofia, das, was du heute Morgen
im Plenum gesagt hast, das ist mir wirklich wichtig. Ich

wünsche dir, dass du dein Lächeln nicht verlierst. Und deinen Humor. Bleib so, wie du jetzt bist. Es ist schön, dich glücklich zu sehen, und du steckst die anderen mit deinem Glück an.« Ich lächele die Betreuerin an. »Danke«, presse ich hervor und umarme sie.

Und dann kommt meine Mutter. Meine Taschen stehen im Flur, Tasche um Tasche, Kartons voller Erinnerungen. Ich fahre mit mehr, als ich gekommen bin.

Ich umarme die Menschen, erschrecke mich ein wenig. Leonie fühlt sich immer noch so furchtbar knochig, zerbrechlich an.

Einen Moment verharre ich in Alex' Umarmung, ziehe ihren süß-rauchigen Duft ein. »Pass auf dich auf, mach keinen Scheiß. Lass die Frösche leben und pass auf die Wände auf!« Sie knufft mich liebevoll in die Seite und ich lasse sie lachend los. »Wird gemacht, Chef!« Nikola schenkt mir ein leichtes Lächeln. Ich umarme sie, ihre Ketten und Nieten klimpern. »Alex, pass mir gut auf Nikola auf, hörst du?« Ein Mädchen aus der anderen Gruppe schenkt mir einen kleinen Schlüsselanhänger. *Ich mag dich* steht darauf.

»Du warst wie eine große Schwester für mich in der Zeit«, flüstert sie. »Auch, wenn du eigentlich jünger bist als ich. Verrückt, nicht?« Ich schüttele den Kopf. Das ist nicht verrückt. Was spielen Zahlen schon für eine Rolle? Ich umarme Mareike und Bianca, wünsche ihnen alles Gute. Sie werden nächste Woche nach Hause fahren. Und dann bleibt noch Nadine. »Süße … mach so weiter, wie bisher. Ich weiß, dass du das kannst. Und lass dich von der Neuen nicht fertigmachen! Wenn sie gemein ist, ruf mich an und ich komme hier mal persönlich vorbei, alles klar?« Dann nehme ich auch sie in den Arm. Ich versuche, mich zusammenzureißen. Weiß nicht, ob ich vor Freude schreien oder vor Trauer in Tränen ausbrechen möchte. In mir ist so viel Gefühl, dass ich nicht greifen kann, so viel Angst und Hoffnung und Schmerz und Freude. Wenn man alle Farben zusammenmischt, dann ergibt es ein Braun. Ein dunkles, schlammiges Braun. Undefinierbar, vielleicht eines, in dem man feststeckt.

Die Menschen hier würde ich gerne in meinem Koffer mitnehmen. Aber das geht nun mal nicht.

Wir gehen die Treppen hinunter. Unser Schnaufen hallt im Treppenhaus wider. Ich weiß nicht, wieso wir nicht den Aufzug nehmen. Meine freie Hand, die ohne den schweren Koffer voller Erinnerungen, fährt das Geländer entlang. Ich zähle die Stufen nicht mehr. Es ist egal. Meine Zahlenwelt wurde aufgebrochen. Es spielt keine Rolle mehr. Wir laufen am Schwesternzimmer vorbei. Ich sehe die Bilder an der Wand. Versuche mir jedes einzelne einzuprägen, mache tausend Fotos in meinem Kopf. Es ist bloß eines wirklich hängen geblieben: die junge Frau, die ihre Arme vom Körper wegstreckt. Halb aus dem Bild rausragt. Dürr, knochig. Und auf dem T-Shirt die Aufschrift: Ich bin essgestört.

Ich reiße mich von dem Bild los, durchs Foyer. Da ist die Anmeldung. Ich erinnere mich an den Tag meines Vorstellungsgesprächs. Da saßen wir auf der Couch. Damals sah sie noch anders aus, die Couch. Die Anmeldung. Alles sah anders aus. So fremd. Und jetzt ist alles so vertraut. Meine Mutter fragt, ob ich traurig sei. Ja, denke ich. Nein, sage ich. Es ist wie von zu Hause wegziehen und gleichzeitig wieder zu Hause einziehen. Es ist wie ein Neuanfang am alten Ort, ein Ende am neuen Ort. Es ist Angst, Trauer, Freude und Herzklopfen. Ich habe viele Erinnerungskisten. Ich will das alles hier nicht vergessen. Wünsche mir, hierbleiben zu können. Hier bin ich sicher. Sie fragt, ob wir noch Kuchen kaufen sollen und meine Heimkehr feiern. Ja, sage ich. Vielleicht mehr, weil ich ein bisschen was von hier mitnehmen will. Und weil ich beweisen will, dass ich jetzt Kuchen esse. Ich winke der Frau an der Anmeldung. So wie ich winkte, wenn ich bloß spazieren ging. Heute winke ich für immer. Sie sieht, dass ich ausziehe. Sie winkt und lächelt. Ich lächele auch. Gequält, beschwert, erleichtert und losgelöst. Trete durch die Tür und atme tief ein. Ich bin frei. Ich lebe. Jetzt.

Epilog

Ich denke oft sehnsüchtig an die Zeit zurück, in der ich auftaute. Nachts hole ich Kisten heraus, lese mir die Briefe durch, die ich bekam, ich schaue mir die Bilder und Tagebucheinträge an. Aber mir ist klar geworden, dass ich die Zeit so sehr vermisse, weil ich mich darin vermisse. Die Lebendigkeit, die langsam in mir aufstieg, diese Leichtigkeit, mit der ich die Situationen meisterte. Manchmal, wenn ich nachts in der Dunkelheit liege und die Dämonen in mir mich zerfleischen, von innen heraus zerreißen und an mir festhalten, dann muss ich an mein Versprechen denken. Das Versprechen, dass ich damals im Plenum gab. Das Versprechen, auf mein Lächeln aufzupassen. Wenn Tränen der Verzweiflung meine Lippen treffen, wünschte ich, sie könnten wieder so ehrlich und befreit lachen wie damals.

Aber ich bin blindlings nach vorne gerannt, wo ich mich langsam hätte vorkämpfen müssen. Ich bin jeder Mauer ausgewichen, anstatt sie zu übersteigen.

Ich habe gedacht, wenn ich nur der Sonne entgegenrenne, werde ich sie irgendwann erreichen, anstatt mir nur meinen dunklen Mantel auszuziehen und die Strahlen zu genießen, die mich dort erreichen, wo ich bin.

Manchmal wünsche ich mir die Zeit zurück. Ich würde noch einmal von vorne anfangen, um die Fehler zu vermeiden, die ich gemacht habe. Aber hätte ich sie nicht gemacht, würde ich nicht wissen, dass es Fehler waren. Jeden Fehltritt, jeden Schritt in die falsche Richtung habe ich gebraucht, um mein Ziel zu finden. Manchmal irre ich noch immer umher. Es gibt Momente, in denen ich nicht weiß, wo ich hin will, in anderen weiß ich nicht, wie ich meine Füße heben und den nächsten Schritt machen soll. Manchmal stehe ich vor dem Spiegel und erkenne mich nicht mehr, ich möchte das Mädchen darin anschreien und fragen, wo das Leuchten in ihren Augen hin verschwunden ist, was sie aus mir gemacht hat.

Aber ich habe mich auch damit abgefunden, dass acht Wochen nicht gereicht haben. Ich habe mich damit abgefunden, dass der Weg länger und schwerer wird, als ich es mir gewünscht hatte. Manchmal wirkt es nach außen hin so, als wäre alles wieder in Ordnung. Die Menschen denken, dass ich eben die zwei Monate brauchte, um wieder klarzukommen. Manche sprachen von einem kurzzeitigen von der rechten Bahn abkommen, andere von einer pubertären Phase. Aber das war es nie. Es hatte auch nie etwas mit Oberflächlichkeit und Schönheitsidealen zu tun, mit den Medien oder mit Jungs, denen man gefallen will.

Es gibt tiefere Gründe, die junge Mädchen dazu treiben, sich selbst so sehr zu hassen, dass sie verhungern möchten.

Und selbst, wenn man wieder isst, steht man irgendwann vor der Entscheidung: Möchte man wirklich leben, oder nur existieren?

Danksagung

Ich bin hier, und das ist es, was zählt. Immer noch gibt es Tage, an denen ich kämpfe. Es gibt die bunten und die schwarzen Tage, aber ich bin mehr, als ich früher war. Beinahe würde ich sagen: Ich habe immer noch Heimweh. Aber ich weiß mittlerweile, wonach.

Es gibt so viele Menschen, denen ich unbedingt Danke sagen möchte, und die paar, die ich hier aufführe, stehen stellvertretend für alle, denen ich noch Dank schulde. Sollte ich also jemanden vergessen haben, fühlt euch mit erwähnt.

Wären all diese Menschen nicht gewesen, dann wäre ich heute nicht dort, wo ich bin: festgehalten von so vielen Händen, gesehen in so vielen Augen. Ohren, die mir zuhören und Worte, die mir geschenkt werden – das ist es, was mir Antrieb gibt.

Ich danke erst einmal Anja für ihr grenzenloses Engagement, die hektischen Telefongespräche und den immer-

zu wiederholten Satz: »Alles wird gut«. Alle ihre Versprechen haben sich erfüllt, und so schenke ich auch diesem
volles Vertrauen.

Außerdem möchte ich Tanja danken, ohne sie wäre ich
heute nicht dort, wo ich jetzt bin. Dann natürlich Jana,
für ihre Art, dem Manuskript so sanft und feinfühlig den
richtigen Feinschliff zu geben, immer darauf bedacht, es
nicht zu einem anderen zu machen.

Ich danke Martin & Chris, die mir die ersten guten
Tipps gegeben und mich mit Ratgebern versorgt haben,
sowie Helga, die die Rohfassung gelesen und korrigiert hat.

Der meiste Dank gilt aber den Menschen, die dafür
sorgten, dass ich diese Geschichte überhaupt schreiben
konnte: Tine, ein ganz besonderer Mensch und für mich
jemand, der mein Leben auf eine ganz sanfte, liebevolle
Art in die richtige Richtung gelenkt hat. Mama, vor allem
für die kleinen Karten, Zettelchen und Worte, die ich immer wieder in meinem Zimmer finde, für die kleinen Auf-
merksamkeiten zwischendurch, aber auch für die größte: dass du bist, was du bist – ich bin stolz, deine Tochter
sein zu dürfen. Papa, der mich immer unterstützt, fordert
und festhält, wenn ich falle. Weil du es schaffst, mich auf
den Boden zurückzuholen, wenn ich mich in den Wolken verliere – und, ebenso, weil ich stolz bin, deine Tochter sein zu können.

Ben, denn ich könnte mir keinen besseren großen Bruder vorstellen (auch, wenn es oft so scheint, als würde ich dich gerne umtauschen. Dem ist nicht so. Oder nur selten!). Natürlich meinem anderen Bruder Tom. Dazu brauche ich nichts zu sagen, ohne dich wäre mein Leben unvorstellbar leer. Margit, weil sie mir immer wieder Halt gibt und ein offenes Ohr für mich hat. Außerdem möchte ich Vera und Ernst danken, dafür, dass ihr für Mama da wart und ihr die Kraft geschenkt habt, mir Kraft zu schenken.

Frau Heyne, der ich schon so lange Danke sagen wollte: Für den kräftigen Händedruck. Die aufmunternden Worte. Die offenen Ohren. Einfach für das Dasein, als ich verschwand.

Ebenso danke ich der Frauenberatungsstelle Oberhausen.

Ich danke den Mädchen, mit denen so tiefe und intensive Freundschaften entstanden, wenn auch manchmal nur vorübergehend, vor allem aber meiner Jacki, weil die Freundschaft mit ihr bis heute hält. Ich wünschte, ich könnte mit dem Finger schnipsen und deine gesamte Welt wieder gerade rücken, denn du hast es wirklich mehr als verdient.

Bianca, die mir mit dem Exposé geholfen hat, Anja, meiner virtuellen großen Schwester, die mit ihrer unglaublichen Warmherzigkeit und Intelligenz für einen großen Teil meines Mutes mit verantwortlich ist. Und Lara, meiner Luna Lovegood – alles wird gut, das verspreche ich dir.

Jana, meiner Maus, weil sie bedingungslos an meiner Seite gestanden hat, egal was war, immer zu mir hielt und es bis heute tut – ich hab dich lieb, aber das weißt du ja. Tito, weil ich bei ihr echt sein kann und es keinen Ort gibt, an dem ich mich so zu Hause fühle, wie bei ihr. Und natürlich meiner Elsie, vor allem für den schönen Satz »…und wir sehen uns dann wieder, wenn du dann irgendwann normal in deinem Kopf bist – also nicht ganz normal, das wäre langweilig, nur ein bisschen normaler, dass du wieder unnormal leben kannst.«

Ich danke auch Frau Fehd, die mich in den Arm genommen hat, als ich es so dringend brauchte.

Außerdem danke ich allen, die mir erlaubt haben, über sie, von ihnen und mit ihnen zu schreiben.

Und last, but not least danke ich meiner Katze. Für die unzähligen Nächte, in denen sie und die Worte um meine Aufmerksamkeit stritten, für die Nächte, in denen sie sich entschieden auf meinen Schoß legte und sich weigerte, aufzustehen, bis sie genügend beachtet und gestreichelt wurde. Einfach dafür, dass ich nie alleine bin, wenn ich allein bin.

Essstörungstypen

Magersucht (Anorexie oder Anorexia Nervosa)

Typisch für Magersucht ist ein starker Gewichtsverlust, den die Betroffenen bewusst herbeiführen. Sie sind auffallend dünn und empfinden sich auch dann noch als zu dick, wenn sie schon unter starkem Untergewicht leiden (Körperwahrnehmungsstörung). Anorexia Nervosa zählt bei Mädchen und jungen Frauen zu den häufigsten Todesursachen. Medizinisch gesehen liegt die Grenze zum Untergewicht bei einem BMI von 17,5.

Ess-Brech-Sucht (Bulimie oder Bulimia Nervosa)

Vom äußeren Erscheinungsbild sind bulimische Frauen oder Männer scheinbar normal, meist schlank. Kennzeichen der Bulimie sind häufige Essattacken, bei denen in kurzer Zeit große Nahrungsmengen gegessen werden. Um die Kalorienzufuhr »rückgängig« zu machen und

nicht zuzunehmen, lösen die Betroffenen selbst Erbrechen aus, machen extrem viel Sport oder missbrauchen
Abführmittel.

Esssucht (Psychogene Adipositas)

Eine Adipositas beginnt bei einem BMI von 30, liegt der
BMI bei 40 und höher, spricht man von einer extremen
Adipositas.

Der Begriff Esssucht (psychogene Adipositas) ver-
weist darauf, dass die Betroffenen unter ihrem Essverhalten und Körperumfang leiden, unabhängig von der Höhe
des Übergewichts. Meist besteht ein deutlicher Leidens-
druck: Die Betroffenen haben einen starken Behand-
lungswunsch, andererseits eine Vielzahl von Diätversu-
chen und -abbrüchen hinter sich, und das Leben wird in
einem großen Maße vom Essen beherrscht.

Binge Eating

Wiederholte Essattacken kennzeichnen die Binge-
Eating-Störung bzw. Binge Eating Disorder. Bei den wie-
derkehrenden Essanfällen werden enorm große Mengen

heruntergeschlungen. Die Betroffenen haben das Gefühl, bei diesen Anfällen die Kontrolle über das Essen verloren zu haben. Im Unterschied zur Bulimie werden die Essattacken nicht durch andere Maßnahmen »ungeschehen« gemacht. Das heißt, es erfolgt zum Beispiel kein extremer Sport, Hungern oder Erbrechen. Die Betroffenen sind deshalb häufig übergewichtig. Zwingend notwendig ist das Übergewicht allerdings für die Essstörung nicht.

Anlaufstellen für Essstörungen

BZgA
Telefon: 0221/892031 (zzt. 12 Cent pro Minute)
Montag bis Donnerstag von 10 bis 22 Uhr
und Freitag bis Sonntag von 10 bis 18 Uhr
www.bzga.essstoerungen.de

A.B.A.S.
Adresse: Lindenspürstr. 32, 70176 Stuttgart
Telefon: 0711-30 56 85 40
info@abas-stuttgart.de
www.abas-stuttgart.de

ANAD e.V.
Adresse: Poccistr. 5, 80336 München
Telefon: 089/2199730
info@anad-pathways.de
www.anad-pathways.de

Dick & Dünn e.V.
Adresse: Innsbrucker Straße 37, 10825 Berlin
Telefon: 030/8544994
www.dick-und-duenn-berlin.de